青少年人生必读的好故事丛书

让青少年知道
热爱科学的150个故事

本书编写组◎编

这些好故事就像一颗颗璀璨的明珠，不会因岁月的流逝而失去夺目的光华，不会因年代的久远而黯淡迷人的风采。它们在岁月的长河中清晰地记录着孩子成长的心路历程……

QINGSHAONIAN
RENSHENG BIDU DE
HAOGUSHI CONGSHU

世界图书出版公司
广州 · 北京 · 上海 · 西安

图书在版编目（CIP）数据

让青少年知道热爱科学的 150 个故事 /《让青少年知道热爱科学的 150 个故事》编写组编 . —广州：广东世界图书出版公司，2010. 4（2024.2 重印）

ISBN 978 - 7 - 5100 - 1976 - 0

Ⅰ. ①让… Ⅱ. ①让… Ⅲ. ①故事 - 作品集 - 世界 Ⅳ. ①I14

中国版本图书馆 CIP 数据核字（2010）第 049991 号

书　　名	让青少年知道热爱科学的 150 个故事 RANG QINGSHAONIAN ZHIDAO REAI KEXUE DE 150 GE GUSHI
编　　者	《让青少年学会与人沟通的 150 个故事》编写组
责任编辑	陈　辉
装帧设计	三棵树设计工作组
出版发行	世界图书出版有限公司　世界图书出版广东有限公司
地　　址	广州市海珠区新港西路大江冲 25 号
邮　　编	510300
电　　话	020-84452179
网　　址	http://www.gdst.com.cn
邮　　箱	wpc_gdst@163.com
经　　销	新华书店
印　　刷	唐山富达印务有限公司
开　　本	787mm × 1092mm　1/16
印　　张	10
字　　数	120 千字
版　　次	2010 年 4 月第 1 版　2024 年 2 月第 11 次印刷
国际书号	ISBN　978-7-5100-1976-0
定　　价	48.00 元

前言

青少年朋友都知道，历史学家在研究人类史的时候，一般把它分为旧石器时代、新石器时代、青铜时代、铁器时代、蒸汽时代、电气时代和信息时代。从历史学家对人类史阶段的划分，我们不难看出，人类所经历的每一个时代都与当时的新发明紧密相连。换句话说，就是新发明推进了人类的历史进程。

那么，人类是怎样发明了这些推进人类历史进程的新事物的呢？其中绝大部分的发明创造，由于时代久远，已经无从考察了。我们既没有办法知道它们出现的确切年月，也没有办法知道它们的发明者了。而且，由于很多发明并不是一人一时一地创造出来的，所以考察起来就更加困难了。

尽管我们今天无法说出这些发明的确切年月和发明者，但是有一点是毋庸置疑的，那就是这些伟大的发明者肯定是热爱科学、尊重科学的人。

关于这一点，我们也可以从古今中外的科学家身上得到证明。不管是中国的张衡、沈括、李时珍、茅以升、华罗庚、苏步青，还是国外的牛顿、居里夫人、爱迪生、爱因斯坦等，他们都是从小就热爱科学、尊重科学的人。正是因为他们崇尚真理，永无止境地探索、实践，不断地接近真理，解释和揭示真理，他们才创造了许多有利于人类社会的伟大发明。他们自己也因此名垂青史！

在科学技术迅速发展的今天，广大青少年朋友也应该向这些我们知道名字和不知道名字的科学家们学习。从小要热爱科学、尊重科学，继而用科学的方法去掌握丰富的科学知识。只有这样，广大青少年朋友才能在长大后有所成就。

为了激发广大青少年朋友对科学的热爱，我们组织编写了这本《让青少年知道热爱科学的 150 个故事》。这些小故事中既有讲述古今中外的科学家是如何通过努力学习并最终成才的，也有讲述对人类生活影响巨大的发明是如何诞生的。

希望广大青少年朋友读了此书以后，也能够像书中的主人公那样用科学的态度去对待科学，用科学的方法去探索科学……

目　录

刻苦学习终有成

大科学家大手笔

自己动手学科学

灵感来袭的瞬间

成功属于有心人

刻苦学习终有成

KEKU XUEXI ZHONG YOU CHENG

张衡和地动仪

张衡是东汉时期杰出的科学家。他从小就爱想问题，对周围的事物，总要寻根究底，弄个水落石出。

一个夏天的晚上，张衡和爷爷、奶奶在院子里乘凉。他坐在一张竹床上，仰着头，呆呆地看着天空，还不时地指指画画，认真地数星星。

张衡对爷爷说："我数得时间久了，看见有的星星的位置移动了，原来在天空的东边，现在偏到西边去了。有的星星出现了，有的星星又不见了。它们不是在跑动吗？"

爷爷说："星星确实是会移动的。你要认识星星，先要看北斗星。你看那边比较明亮的七颗星，连在一起就像做饭的勺子，很容易找到……"

"噢！我找到了！"小张衡很兴奋，又问："那么，它是怎样移动的呢？"

爷爷想了想说："大约到半夜，它就移到地平线上，到天快亮的时候，这颗北斗星就翻了一个身，倒挂在天空……"

这天晚上，张衡一直睡不着，多次起来看北斗星。夜深人静，当他看到那颗闪烁而明亮的北斗星时，它果然倒挂着，他多么高兴啊！他想：这北斗星为什么会这样转来转去呢？天一亮，他便赶紧去问爷爷，谁知爷爷也讲不清楚。

后来，张衡长大了，皇帝得知他非常有学问，就把张衡召到京城洛阳担任太史令，主要掌管天文历法。

为了探明自然界的奥秘，年轻的张衡常常一个人在书房里读书、研究，还常常站在天文台上观察日月星辰。他想，如果能制造出一种仪器，能够上观天、下察地，预报自然界将要发生的情况，这对人们预防灾害，揭穿那些荒诞的迷信鬼话，该是多么好啊！

于是，张衡把从书本中和观察到的材料进行分析研究，开始了试制“观天察地”仪器的工作。他把研究的心得写成了一本书，叫做《灵宪》。在这本书里，他告诉人们：天是球形的，像个鸡蛋，天就像鸡蛋壳，包在地的外面，地就像蛋黄，这就是“浑天说”。

接着，张衡根据这种“浑天说”的理论，开始设计、制造仪器。不知经过多少个风雨晨昏、熬过多少个不眠之夜，一个当时世界上最先进的天文仪器——浑天仪诞生了。这个大铜球很像今天的地球仪，它装在一个倾斜的轴上，利用水力转动，它转动一周的时间恰好和地球自转一周的时间相等。而且在这个人造的天体上，可以准确地看到太空中的星象。

那个时候，经常发生地震。每发生一次大地震，就会影响到好几十个郡，城墙、房屋倒塌，还会死伤许多人畜。

当时的封建帝王和一般人都把地震看做是不吉利的征兆，有的还趁机宣传迷信、欺骗人民。

但是，张衡却不信神、不信邪，他对记录下来的地震现象细心地进行观察和分析，发明了一个测报地震的仪器，叫做“地动仪”。

地动仪是用青铜制造的，外形有点像一个酒坛，四周刻铸着八条龙，龙头向八个方向伸着。每条龙的嘴里含了一颗小铜球，各个龙头下面都蹲了一个铜制的蛤蟆，对准龙嘴张着嘴。哪个方向发生了地震，朝着那个方向的龙嘴就会自动张开来，把铜球吐出。铜球掉在蛤蟆的嘴里，发出响亮的声音，这时就给人发出地震的警报。

公元138年2月的一天，张衡的地动仪正对西方的龙嘴忽然张开来，吐出了铜球。按照张衡的设计，这就是报告西部发生了地震。

可是，那一天洛阳一点也没有地震的迹象，也没有听说四周有哪儿发生了地震。因此，大伙儿议论纷纷，都说张衡的地动仪是骗人的玩意儿，甚至有人说他有意造谣生事。

过了几天，有人骑着快马来向朝廷报告，离洛阳一千多里的金城、陇西一带发生了大地震，连山都有崩塌下来的，大伙儿这才信服。

为祖国努力学习

詹天佑，字眷诚，是我国第一位铁路工程专家。他出生于广东南海县，曾祖和祖父都是经销茶叶的商人。到了他父亲詹兴洪时，正遇上鸦片战争，茶行破产了，只能靠父亲詹兴洪种田来维持家庭生活。

詹天佑 8 岁那年进私塾读书，他天资聪慧，求知欲强。可是在那里，塾师所讲的都是“四书五经”和八股文，老是“之乎者也”、“天地君亲师”一类陈旧腐朽的东西，枯燥无味，束缚了学子的身心发展。詹天佑对这一套腻烦透了。

他最感兴趣的是工程、机械等新知识，他用泥巴捏火车，做机器。他身上老是装着小齿轮、发条、螺丝刀、镊子等，一有空就摆弄着玩。小伙伴们都称他是“机器迷”。

一天，小天佑对他家的闹钟突然产生了兴趣，他想，这个方方的东西为什么能“滴答滴答”走个不停？为什么它能按时响铃？为什么它能始终这么均匀地走？家里的大人都有事出去了，小天佑决定打开这个宝贝匣子，看看其中的奥秘。他把闹钟拿到隐蔽的地方，把零件一个一个地拆开。他自己的脑筋也开动了：这一个零件是干什么用的？这一个零件和那一个零件为什么咬合在一起？那一个零件又是什么力量使它摆动起来的呢？他边拆着，边思考着，一直到把整个闹钟拆到不能拆为止。一大堆散碎的零件怎么按原样装起来呢？詹天佑凭着他那良好的记忆力，居然一个一个地装好了，他也弄清了闹钟的构造与原理。

1871 年，清政府派我国第一位毕业于美国耶鲁大学的容闳负责筹办幼童留学预备班，11 岁的詹天佑听到消息后恳求父母让他参加考试。因为家贫，正在为詹天佑前途而忧愁的父母一听说是官费，便欣然答应了。但是他们又担心詹天佑年纪太小考不取，可詹天佑非常有信心地说：“保证马到成功。”考试结果一公布，詹天佑成绩优异，名列前茅，被录取为第一批出国留学的预备生。

1872 年，第一批留洋学生共 30 人登上征程了，詹天佑第一次乘轮船、坐火车，对这些洋玩意非常着迷。中国人为什么不能制造火车、轮船？他心中顿时产生一种羞辱感，他下定决心：一定要发愤学习，用科学来振兴祖国。

在美国，为了学好英语，詹天佑住到美国一个市民家里。第二年，他考进了西海文小学，仅用三年时间就小学毕业了。两年后中学毕业，他考取了耶鲁大学土木工程系，专攻铁路工程专业，他发誓一定要让中国也有自己的火车、轮船。在那里，他少年的兴趣得到了充分发挥，加上他平时刻苦钻研，各门成绩一直名列前茅。

1881 年，詹天佑回到了祖国的怀抱。1905 到 1909 年，他主持修建我国自建的第一条铁路——京张铁路。在修建的过程中，詹天佑因地制宜地运用“人”字形线路，减少工程数量，并采用“竖井施工法”开挖隧道，缩短了工期，在中国铁路史上写下了光辉的一章。

为了祖国的航天事业

冯如是我国早期杰出的飞机设计师和爱国飞行家，为我国航空事业的发展作出了卓越的贡献并献出了年轻的生命。

冯如出身于广东恩平县的一个农民家庭，由于家里穷，四个哥哥先后夭折了。小时候，冯如做过无数个梦：他梦见自己像有钱人家的孩子一样走进学堂读书，梦见自己像鸟儿一样在蓝天飞翔……

那时候，家里买不起玩具，小小年纪的他总是自己动手做玩具。用火柴盒做个轮船啦，用硬纸片做个小飞机啦，用几块铁皮做个工具箱啦……日久天长，他练得心灵手巧，每当有新的“杰作”，他总会拿给村里的小朋友们观看，那可是他最为得意之时。

1895年，只有12岁的冯如告别双亲，随表兄赴美国旧金山谋生。在那里，他边做工边参加教会学校的学习。以后，他又转赴纽约学习机械。这期间，冯如深感由于中国科技的落后，以致处处受别国的欺凌。他发誓要为中国人争口气，要用自己所学到的知识报效祖国，实现自己童年的梦想。

在很短的时间里，冯如先后掌握了30多种机器的操作、维修等本领。他利用在华侨中募集到的捐款，在旧金山租了一间厂房，并请了三位华侨青年作自己的助手，开始了艰难的飞机设计和研制工作。一次又一次的失败，他没有气馁。为了试飞，他先后八次从飞机上坠地，也没有畏缩，他坚信自己会成功。

终于，经过一千多个日夜的苦干，他设计制造的飞机要试飞了。这一天，冯如就要驾驶自己设计制造的飞机进行飞行试验了。许多记者都怀疑：这架飞机能顺利地飞上蓝天吗？能比美国莱特兄弟的飞机飞得更远吗？然而，令西方国家震惊的是：冯如驾驶的飞机不仅顺利地飞行了，而且试飞的航程是莱特兄弟首次试飞航程的三倍多。这在当时的航空史上，开创了一个奇迹。26岁的冯如用自己的双手翻开了中国航空史的第一页。

为了发展祖国的航空事业，也为了实现自己多年的愿望，冯如回到广州，他要亲自驾机进行飞行表演，以引起民众的注意，动员社会各界为制造飞机出力。不幸的是，在一次飞行中，由于飞机突然坠地，冯如身受重伤。在生命的最后一刻，他想的依然是祖国、事业、飞机和他飞向蓝天的梦！

茅以升的“神笔”

茅以升是当代中国的桥梁专家。在他33岁时，就利用“射水法”、“沉箱法”、“浮远法”负责建造了我国自建的第一座现代化大桥——杭州钱塘江大桥。1955年他59岁时，又承担了武汉长江大桥的组织、设计工作。他毕生献身于祖国的桥梁事业，设计、建造了无数座桥梁。

茅以升9岁时，和小伙伴约好，同去观看盛大的龙舟比赛，谁知前一天夜里他突然病了。那时，南京秦淮河上端午节的龙舟赛会远近闻名。每年此时，四面八方的人都蜂拥而至。正当他遗憾自己不能去看热闹时，一个伙伴来告诉他：“秦淮河上出事了。因观看的人太多，木制的文德桥塌了，好几个人淹死了，很多人哭喊‘救命’，可惨了！”

这一夜，茅以升辗转难入睡，他虽没有亲眼目睹那悲惨的场面，但他老是在问：桥为什么会塌，中国应造更牢固的桥！并暗下决心：长大后要造桥，造牢固的桥。从此，他无论走到哪里，都要对各种桥仔细端详一番，凡是与桥有关的书和事，他都特别感兴趣，简直成了“桥迷”。

茅以升的祖父是从事水利工作的，见到孙子如此迷恋造桥，就给他讲了“神笔马良”的故事。茅以升渴望得到这支神笔，于是祖父引导他说：“要想得到神笔，首先要掌握秘诀。”在孙子的一再追问下，祖父提笔写了两个字“奋斗”，并接着说：“你要是掌握了这两个字，什么样的桥梁都会从笔下设计出来。”

为了掌握这支神笔，茅以升决定先锻炼自己的记忆力。他早起背诗文，一个暑假竟背诵了上百篇古诗和十几篇古文。他还背圆周率，一直背诵到小数点后的一百位。

勤奋的茅以升终于实现了自己的愿望，15岁考上唐山路矿学堂，5年后以第一名的成绩考入北京清华学堂招收的留美公费研究生桥梁专业。

苏步青求学之路

苏步青是中国当代数学家，曾东渡日本求学，获理学博士学位。回国后，他曾在浙江大学、复旦大学任教，并担任校长。后来当选为中国科学院学部委员。他在为国家培养人才的同时，还从事微分几何的研究，为我国研究数学作出了重大贡献。

苏步青小的时候，曾就近在私塾读过 2 年书。因私塾先生的原因，他停学回家了。从此，一条牛鞭伴随他早出晚归。

当了放牛娃的小苏步青，反而感到天高地阔、自由自在了。他一边放牛，一边看书，无拘无束，每天他把牛赶进草地，自己便躺在向阳坡上，静心地看起书来，经常忘了吃饭。在很短的时间里，他看熟了《聊斋志异》、《西游记》、《东周列国志》，有些精彩的地方，甚至能倒背如流。

很多时候，天色暗了，他还没看够，不肯合上书牵牛回家。于是，就坐在牛背上，一摇一晃，继续往下看。妈妈每当远远地望着儿子在牛背上忘记一切地看书时，总是担心他会不小心掉下牛背，落个终生残废。每天早上，当苏步青牵牛出门时，他妈妈都左叮咛、右嘱咐，不让他骑在牛背上看书，他都不以为然地一笑了之。

这天，母亲担心的事终于发生了。苏步青在牛背上看《三国演义》，看到得意之处，手舞足蹈，大喊大叫，一下子滑下了牛背，躺在两棵竹茬的中间，仍继续看着。

父母知道了这件事后，下决心倾家荡产也要送他到县里去读书，这年他刚满 9 岁。苏步青到县立小学读书后，感到很孤单。一个偶然的机会，他看到了外面世界的热闹。市场上，人来人往，熙熙攘攘，叫卖吆喝声不绝于耳；耍猴的、捏面人的，江湖郎中令人眼花缭乱。从此他就不按时完成作业，迟到、早退、旷课，时光在浑浑噩噩中逝去，连续 3 个学期，苏步青的学习成绩都是最后一名。那时，学校每逢期末都张榜公布学生的考试成绩，最后一名的学生有如把前面的学生都背在背上。当时，把最后一名称做“背榜”。

一次国文课后，教国文的谢老师把苏步青找来，指着作文簿问：“这篇作文是你写的吗？”

“是我亲手写的。”苏步青看到了老师的满脸疑惑，有礼貌地点了点头。

“你写的？你说说是怎么写的?!”

“怎么写的？不都写上了吗！”

老师听着这变了口气的回答，一下子火了：“你这个背榜生还能写出这样文采飞逸的文章?!”说着拿起红笔，给了最低分。

从此，苏步青干脆不上国文课了。学校的陈老师暗暗为这个聪明学生而着急，语重心长地给他讲了牛顿小学时的故事：牛顿从农村到城里念书，周围的同学都欺他乡巴佬。一次，有个同学故意踢他肚子，牛顿忍无可忍反击了。这次胜利，增强了牛顿的自信心。从此，他不仅学习进步了，后来还成为伟大的科学家。”

苏步青的心灵受到震动，决心以牛顿为榜样。他再也不浪费一分一秒，刻苦学习，到期末得了头榜。这“头榜”伴他从小学到中学以至大学。

不要学位的华罗庚

我国著名的数学家华罗庚的青年时代不是在学校里度过的。他没有像其他学者那样，沿着小学到中学、大学，再到研究生，甚至博士生之路走下来。为了生计，他不得不走“自学成才”之路。

那时，华罗庚在一家杂货店里做学徒。虽然他没有在课堂上和同龄人一样攻读各种文化知识，但他酷爱数学。每当柜台上没顾客时，他就会立刻拿出早已备好的纸、笔、题，飞快地计算起来，全神贯注地投入到奥妙无穷的数学王国中。

一次，进来一位顾客要买烟。他来到埋头算题的华罗庚面前，问道：“香烟多少钱一盒?”

“835729。”华罗庚头没抬，回答了一句。

顾客听了莫名其妙，只好又大声重问了一句。这时华罗庚才如梦初醒，赶紧接待顾客。

原来，华罗庚正在解一道难题，顾客问烟价，他就不假思索地脱口说出正在烟盒上演算得出的数字“835729”。

华罗庚卖烟的故事不胫而走，从此他得了一个美称——罗呆子。1936 年，“罗呆子”到英国剑桥大学留学。校方将他编到博士生班，只要通过两年的学习，他就可以获得博士学位。这是许多人都向往的。

但是，华罗庚没有按校方的安排去学习，他要做一名剑桥大学的旁听生。这使关心他的一些英国教授大惑不解，华罗庚向他们解释说：“如果攻博士学位，只能修一两门课程；如果不攻读学位，只当旁听生，我就可以同时学七八门课程，获得更广泛的知识。”

教授们为这个不图名利的有志青年而深深感动，校方同意了他的请求，并给他提供了一些方便。华罗庚在两年的旁听生学习中，广泛、主动地学习各种数学知识，先后发表了 10 余篇论文，其中不少的论文水平完全可以和博士生论文相媲美。特别是关于塔内问题的“华氏定理”的发表，引起当时数学家哈代的重视，哈代根据这篇论文修改了自己即将出版的著作。在这 2 年中，华罗庚还彻底解决了 19 世纪欧洲“数学之王”高斯提出的完整三角合计问题。此事曾在剑桥大学引起轰动。

1938年，华罗庚回国了，他是带着所有的学习成果，而不是博士学位回国的。

遵守纪律的高士其

高士其是我国著名的科学家和科普作家。他从小就用功读书，学习成绩年年都是班级里最好的，全校老师和同学都夸他是个好学生。

6岁那年，高士其要上学读书了。开学那天，天蒙蒙亮，高士其就穿上新衣服、背着新书包，上学去了。

一路上，高士其乐得像只小鸟儿一样，又蹦又跳、唱着歌。他跑到学校门口一看，大门还紧紧地关着呢。他不敢去敲门，只好站在门口等着，不知道等了多久，学校的大门才开。

开门的是位老伯伯。高士其恭恭敬敬地鞠了一躬，又叫了声："老伯伯早！"

老伯伯的心里很高兴，笑眯眯地说："多懂礼貌呀，孩子，你是一年级新学生吧？"

高士其点点头。老伯伯把高士其领到一年级的教室里。过了好一会儿，小朋友们才一个个地来到教室。

在开学典礼上，校长站在台上讲话。高士其一双乌溜溜的眼睛，专心地盯着校长，他听得可仔细啦！

校长讲完了话，叫高士其站到他身边来。高士其不知道有什么事，一颗心像小鹿似的怦怦乱跳。

校长摸摸高士其的头，表扬他是一个守纪律、懂礼貌的好学生。

高士其把校长的话记在心里。每天，他上课用心听讲，放学回家就认真做功课。他跟全班的同学都要好，跟同桌的一个小朋友更要好，下课以后，两个人一起游戏，可高兴啦！

可是有一天，这个小朋友嘟着嘴，冲着高士其说："你到底认不认识我呢？"

高士其觉得很奇怪，说："咱俩是好朋友呀，怎么会不认识你呢？"

这个小朋友气呼呼地说："那你刚才上课的时候，为啥不理睬我呢？"

高士其一听，笑了起来。原来，刚才上课的时候，这个小朋友拿出纸折成一只只小青蛙，悄悄地玩了一阵子。玩着玩着，就觉得一个人玩没有劲，就凑到高士其的耳朵边，轻轻地说："我们来玩斗青蛙吧！"

高士其坐得端端正正，正用心听老师讲课，对于这个小朋友说的话，他根本没有听见。这个小朋友又轻轻地碰了碰高士其，高士其还是好好地坐在那用心听课。这个小朋友的心里挺不高兴，便使劲地拉了拉高士其的衣服，这一来，高士其回过头来了。那个小朋友指指膝盖上的两只用纸折的青蛙，高士其明白了，是叫他一起玩斗青蛙呀。他对那个小朋友白了一眼，又用心地听老师讲课了。

高士其想到这里，便笑了起来，他对那个小朋友说："下课的时候，咱俩一起玩，是好朋友。可是上课的时候，我就不认识你了。"

高士其的话，说得这个小朋友也笑了。

发现"中华星"

张钰哲是我国著名的天文学家。他对天文学的爱好来自于他的童年，童年的张钰哲对大自然充满了好奇和幻想，特别是对无际的星空投入了与日俱增的关注。

那是一个春天的夜晚，天空中慢慢出现了一颗拖着长长的尾巴的星星。8岁的小钰哲惊奇地看着这颗奇特的星星在夜空中移动，最后消失在天边。他迫不及待地想弄清楚这颗"怪星"的由来，哥哥告诉他说，这是"扫帚星"。

青少年时代，张钰哲学习非常认真，并看了不少科学知识读物。在书中，他了解到：小时候看见的那颗带尾巴的星叫彗星，它每隔76年飞近地球一次，它的运行轨道是椭圆形的，只有它运行到椭圆形的最边缘，地球上的人才能看见它。因为是英国的天文学家哈雷发现并准确计算出它的运行周期，所以这颗星就命名为哈雷彗星。

张钰哲想：我们中华民族曾出现过像张衡、僧一行等世界著名的天文学家，我国古代的天文古典中也曾有过彗星运动情况的记载，说明我国古代人民对天文学的发展有过伟大贡献。可是，现在我们落后了，宇宙中还没有一颗由中国人发现并命名的行星……作为一个中国人，这是多么难以接受的现实啊！

从此，他立志要为中国天文事业的复兴作出贡献。1923年，他考取了美国芝加哥大学天文系，成为第一个学习天文的中国留学生。

为了不间断地观察天象，他设法住进了叶凯士天文台顶上的小阁楼。白天学习，晚上观测，并坚持每天给星空拍照，冲洗后再同星图做比较，看看星星的位置有没有变化。

天文学是一门很难见实效的科学。人类一生最多一百来年就要离开这个世界，而宇宙是永恒的。星象的变幻往往是一个很缓慢的过程，天文史上的许多发现，往往要几代人来完成。张钰哲深深了解到这一点，但他仍然每天工作不止，坚持观测，绝不放过星空中的每一个微小的、可能出现的变化……

有一次，他惊喜地发现所拍的星空照片上，有一颗星空图上所没有的小行星。他立即仔细计算了它在天空中的经、纬度，又计算出它的运行轨道，他把结果报告了行星中心站。不久，他得到了行星中心站的答复，承认他所发现的确实是一颗尚未被发现的小行星。他们通知张钰哲，要他为自己发现的行星命名。

为了让世人知道：中国人也有智慧和能力在天文学领域中占一席之地，于是他把这颗小行星命名为“中华星”。

富兰克林爱书如命

美国科学家本杰明·富兰克林一生发明了许多东西，他聪颖、天赋高，从小就与众不同。

12 岁的富兰克林非常喜爱体育活动，尤其是与伙伴汤姆一同游泳。一天，他兴高采烈地跑到汤姆家，拉起伙伴往自家跑。路上，他对正在纳闷的汤姆说：“我发明了一种游泳器，咱们游泳去！”

汤姆一进门便见到桌子上放了两块 15 厘米厚、30 厘米长的木板，木板中央各有一个小孔。

“这也叫机器？”汤姆笑着说。

“可能算不上机器，但我敢打赌，它能助我比你游得快！”富兰克林肯定地回答。

两人马上跑到河边，指定对面 300 米对岸岩石为目标。只见富兰克林把大拇指伸进小孔，喊了一声：“开始！”两人几乎同时跃进水中，很快汤姆抢到前面，而富兰克林两手拍着浪花，显得不那么和谐，落在了后面。汤姆回头做了个鬼脸。富兰克林并不紧张，很快学会两手拿木板有节奏地拍打河水，速度在不断地加快，终于超过汤姆十几米先到达目的地。

玩到兴头上，富兰克林又让汤姆取来风筝，两人一齐把它放得高高的，然后手握风车，随着风筝线下到河水中。风筝在蓝天上自由飘荡，两个孩子被风筝线拉着，舒舒服服地躺在水面上仰泳。

“汤姆，我们好像乘小帆船游海呢，真是妙不可言。”富兰克林开心地说。

“啊，富兰克林，你真是会动脑筋！我们波士顿城中你是最富有智慧的人了！”汤姆不由佩服地称赞道。

这一天，他们几乎忘记了一切，在水中尽兴玩耍。

小富兰克林不但爱好体育活动，还非常喜欢读书呢！富兰克林 12 岁时，在波士顿哥哥开的印刷厂内当印刷工，成为哥哥的好帮手。印刷厂附近有几所书店，店中学徒中有很多爱好读书的孩子，富兰克林很快和他们成为志同道合的朋友。小伙伴常偷偷从书店里拿书给他看，这使富兰克林心花怒放，感到无比充实。但这绝不能让书店老板知道，他们“约法三章”：必须保证不把书弄脏；头天晚上借走，第二天一大早必须归还。这样，富兰克林必须挑灯夜读，常常是通宵达旦。尽管如此，他还是乐此不疲。

富兰克林爱书如命，总是想方设法找书读。只要有读书的机会，他就不会放过。一天，他去给一名叫马泰的商人送书，路上遇到几个小无赖拦路抢劫。富兰克林为了保护马泰的书，被打得鼻青脸肿，忍着疼痛一瘸一拐地坚持把书送到了。马泰目睹这般情景，非常感动，急忙从口袋里掏出一块银币递给他。富兰克林此时的目光却盯在马泰身后的一排书架上。他没有去接银币，腼腆地问：“先生，我不要钱，能借给我几本书看吗？”马泰惊喜地回答：“噢，看不出你还是个小书迷。你随便挑吧，以后想看也可以来拿。”

富兰克林的爱书成癖被一位叫亚当斯的人听说了，这人很有学问，是图书收藏者。他经常光顾詹姆斯兄弟的印刷厂，十分欣赏富兰克林的勤奋好学，于是请他去参观自己的图书馆，并让富兰克林挑选书籍回家看。这意外的好事，使富林克林高兴极了。从此，他读书更勤奋了。

樱桃树开花了

美国著名的物理学家里昂·库柏，1930 年出生。他毕业后在伊利诺斯大学与巴丁教授共同研究低温物理，特别是超导理论，他提出了“超导电子对(库柏对)”这一崭新的物理假设，使超导微观理论获得重大突破。1957 年与巴丁、施瑞弗共同创立巴丁—库柏—施瑞弗（BCS）超导微观理论，并于 1972 年共同获得诺贝尔物理学奖。

库柏在校念书时功课特别好，数学和物理尤为突出，老师十分喜欢他。一次讨论时，老师问同学们长大了都希望干些什么，小伙伴们一下子都活跃起来，唧唧喳喳了半天，争得小脸儿通红通红。说真的，他们的愿望可真美，美得似乎罩上了一个红红的光环。库柏静静地坐在一旁不说话，当老师问起他时，他指了指窗外的一棵婆娑大树。我的梦会开花的，将来开了花，一定是站在这棵树的树尖上。库柏这样想着想着，就不禁笑了。

下课后，每个孩子都兴高采烈地将自己美好的愿望认认真真地写在纸上，然后贴在课桌边上。库柏也写了一张，但他只是将它悄悄地贴在了大树的树枝上。那棵树长得出众极了，它所有的树枝都直直地向上伸展着，似乎想努力和蓝天白云亲近一般。这树是谁栽下的呢？它当初是什么样儿的呢？库柏一直很想知道。

回到家里，库柏就在庭院里小心翼翼地栽下一棵樱桃树，他的父母见了，不禁笑了，这棵树挖出来两天没人管，一副无精打采的模样，而且它栽得也不是地方，院里的土贫瘠着呢！库柏又笑了，他说："妈妈，它刚才发誓要开花结果的，你就等着瞧吧。花开的时候，院子里该多美啊，而且我们还可以吃到樱桃呢！"

"樱桃好吃树难栽。"不错，樱桃树确实难栽。为此，每天放学后，库柏往往拿一本关于果树栽培的书，手扶着樱桃树的小枝条，读半个钟头之久。这样的细心、耐心、恒心培植，树儿会对主人笑的。

樱桃树一天一天地长大了。秋天来了，大部分孩子桌上的纸条都没了，树叶儿也一天几片地飘落着。对这些，库柏并不觉得悲哀，他一遍又一遍地对自己说："春天再来的时候，树儿会开花的。"他仍然只是勤奋地学习，在数学、物理方面尤为下工夫。看着他不断地取得进步，老师就忍不住揉揉他的头发，那是关切、信任、期待的爱抚。这种爱抚深深地激励着库柏，他要在学习上努力再努力，让自己的学识随着这棵樱桃树的长高而丰富起来。

又是春天，一个星期天的早晨，樱桃树终于开花了，库柏赤脚站立在它的面前，看到一个带着露珠的羞涩的花骨朵儿在晨风中沉吟着。

"开花了，亲爱的，它真的开花了。"看到库柏脸上带着痴劲儿久久地站在樱桃树前，他的母亲轻轻地这样说着，又轻轻地将儿子的头揽在了怀里。"它自己发过誓的，这不，现在就开花了。"库柏说话的时候用了理所当然的口气。

几天后，下了一场大雨，将花瓣儿打掉了许多。库柏看它在雨中哆嗦了一阵子，最终花儿、叶儿的颜色显得愈来愈鲜亮时，他禁不住又笑了，赤着脚跑回房间，在纸上写下了一道公式：心愿（梦）＋不懈努力＝花（现实）。

"樱桃树开花了，小发明家！"他的父母高度赞扬了库柏。

放起生命风筝

美国著名的生理医学家杰拉尔德小时爱放风筝，他有一个从放普通风筝到放“生命风筝”的故事。

一天，杰利（杰拉尔德的爱称）到诊所缠着爸爸——爱德华大夫带他到郊外去放风筝。在杰利寻找父亲时，他推开了一间病房的门，看到身患疾病的吉米呆坐在病床上，手中有一只鲜艳的“小蝴蝶”风筝。在苍白色的病房里，这只风筝显得特别美丽，一下子吸引了杰利。“你好。”杰利打着招呼。

“你好。”吉米回过头来。

“这是你的吗？”杰利指着“小蝴蝶”，“它可真漂亮呀！”

“可是它再也飞不起来了，”吉米把小风筝递给杰利，“它断了一根骨头。”

杰利仔细一看，真的，翅膀上的一根竹骨断了。“真可惜，飞起来该多么漂亮。”

“你喜欢吗？”吉米问。

“我想我要买的风筝应该是这样的。”

“我可以把它送给你。你修一修，它还是可以飞起来的。”

“可是，你呢？”杰利问。

“我反正不能去放它了。我得了病，也许永远治不好。”吉米悲伤地说。

“不，不会的。我一定让我爸爸治好你。”杰利真诚地说。

小风筝果然修好了，可杰利一点儿也不忙着去郊外，因为他要等吉米。

杰利对爱德华大夫说：“爸爸，我想求您一件事儿。”

“去郊外放风筝？哦，不，孩子，我太忙了，我……”爱德华大夫温和地向儿子解释。

“不是这样。我是说，求您治好吉米。”

“吉米？那个送风筝给你的孩子。可是，为什么呢？”爱德华大夫不解地问。

“他会放风筝，他去过好多地方，他好了，我根本不用您带着了，我们会自己去郊外，去很远的地方。他还想和我去旅行，可现在他走都不能走。”

爱德华大夫沉默了很久。杰利盯着父亲，满眼的信任与希望。爱德华医治疾病多年，不知治好多少人。因此杰利对他深深崇敬，甚至立志将来做一个像父亲一样的人，保护人们的健康。他相信父亲一定救得了吉米。

“好吧！孩子，我们尽力。”

“太好啦。”杰利高兴地叫起来。放风筝、做旅行家、去好多有趣的地方、看好多美丽的东西，这一切都将实现了。

周末，爱德华大夫买了一只大风筝回来，说要带杰利到郊外去度礼拜天。可杰利不愿意撇下吉米。爱德华大夫告诉他，吉米已经走了。杰利一点也不信，他们还约好了一起去放风筝，杰利说过一定会等到吉米出院。可现在……

“吉米走了吗？”杰利问一位邻床的病友。

“你现在来已经迟了。他死了，就是在昨天，他才 11 岁，可真是惨……”病友摇头叹息着。

杰利几乎不相信自己的耳朵。“这不可能！”他冲出门去，什么东西绊了一下，他也不理会。

爱德华大夫扶住激动的孩子，问：“怎么，出什么事了，杰利？”

“吉米呢？爸爸，他死了吗？”杰利摇着爱德华大夫的手不停地问。

爱德华大夫明白了。他温和地把手放在孩子的头上：“他死了。”

“您答应过要救他的，您答应过的。”

“杰利，听我说，这是事实，你不会懂。吉米的病很可怕，我的医药和手术刀没有办法救他呀！”

“不，我不信。”杰利摇着头。

“相信我，孩子，我尽了力，我也不愿意看到他死去。作为医生，救不了我的病人，我也感到痛苦和惭愧。唉，要是有一种东西可以完全消除疾病带给人们的侵害，人们就会永远健康，吉米也不会死。”

“吉米和我还说好了的，等他好了的时候我们一起去放风筝、去旅行。可是他死了。为什么您说的那种东西没有？我一定要找到它，我要问它，为什么躲着不肯来救吉米。”杰利哭了。爱德华大夫安慰地拍着孩子，他拿过那只大风筝，发现翅膀已经折了，杰利冲出病房时是它绊在门上。爱德华大夫抚摸着孩子的头，深深叹了一口气。

杰利再没有放风筝，但是一个生命风筝在他心中的蓝天上放起。他忘不了那个失去生命的年幼的朋友吉米，他要找出那种可以从根本上消除疾病的东西。朝着这个目标，他不断地学习、不断地奋斗、不断地钻研，终于在免疫学抗体课题上有了重大的发现，他看清了那个躲藏的东西。这个时候，他的生命风筝飞得更高，也更美了。

“奔马式”的学生

朱利叶斯·阿克塞尔罗德是美国生理学家、医学家。由于他阐明了儿茶酚胺类神经递质代谢过程，鉴定并分离出参与代谢的酶，查明了能够影响这些单胺代谢的许多药物在心脏病学、精神和神经病学中的作用，使治疗高血压病的a—甲基多巴类药物和治疗帕金森病的左旋多巴类药物研制成功，为药理学进入“分子药理学”阶段作出了重大贡献，他于1970年获诺贝尔生理学及医学奖。

朱利叶斯出生在美国纽约。为了送小朱利叶斯上学，他的父母伊萨多尔和莫莉夫妇煞费苦心。这在小朱利叶斯幼小的心中引起了很大的震动，使他下了发愤学习的决心。

学生时代的朱利叶斯既聪慧过人，又勤奋超群。为了将更多的时间用在学习上，他天天都起早贪黑，甚至还尽量缩短吃饭的时间。看到儿子这么用功，伊萨多尔深感欣慰，他悄声对妻子说：“说不定儿子将来会成为一个和恺撒（古罗马的大独裁者）一样有名的人物呢！”

朱利叶斯由于太专心，所以有时也不免发生一些令人啼笑皆非的故事。一天，他埋头在阁楼上学习，莫莉在下面叫他下来吃饭，喊了几次不见动静，只好把饭菜端上去。朱利叶斯一面看书，一面下意识地将盘子里的东西夹起来往嘴里送，很快就将它们一扫而光。莫莉在清理盘子时，问：“鱼子酱的味道如何？”

“鱼子酱？”朱利叶斯感到莫名其妙。

“你刚才吃的！”莫莉也感到莫名其妙。

“它是鱼子酱？”朱利叶斯深感遗憾。要知道这是他平时最喜欢吃的食物！莫莉今天特意为他做了一盘。谁知书呆子朱利叶斯吃完了竟不知道吃的是一盘向往已久的鱼子酱。

有一个星期天，朱利叶斯的父母要出门。母亲莫莉就将他的午餐准备好放在食品柜中，又详细地做了交代后才离开。傍晚，夫妇俩才回到家中。莫莉看到柜中的盘子还是原样地放着，不免有些疑惑。于是走到阁楼上一看，朱利叶斯还是早上走时见到的那副架势：趴在桌子上，眼睛离书很近，握在手中的笔在不停地移动着。她明白了，却故意问道：“朱利叶斯，你晚餐吃的是什么？”

“噢，妈妈，已经是晚上了吗？我今天好像只吃了顿早餐。”朱利叶斯如梦初醒。

“天哪!”莫莉无可奈何地摇了摇头。

无论是上学还是回家，朱利叶斯常常像“奔马”一样高速地来回跑动。因此，同学们暗地送他一个“奔马”的美称。有一天，一个调皮的学生米杰想试试他学习专心到了什么程度，就在他来回的路上放了一块石头。结果他仍然在这条路上高速奔跑，待他重重地摔了一跤的时候，才发现路上的石头。看着鼻青脸肿爬起来又继续飞跑的“奔马”，躲在大树后看这幕好戏的米杰十分佩服。“嘿，这朱利叶斯对学习真是着魔了!”

由于朱利叶斯从小就懂得争分夺秒地刻苦学习，像一匹不知疲倦的“奔马”在科学领域里追求，他后来成为了一个举世闻名的科学家。

哥白尼志在天空

尼古拉·哥白尼是波兰天文学家，是著名的“日心说”的创始人。他勇敢地冲破在西方统治了1000多年的“地心说”，撰写了《天体运行论》一书。虽然这次天文学上的革命遭到了种种打击，但却引起了人类宇宙观的重大革新，沉重打击了封建神权统治。

哥白尼从小就生活在封建神权统治的社会中，人们坚信“地心说”是天经地义、神圣不可侵犯的“真理”。

克拉科夫大学的著名天文学家勃鲁泽夫斯基是哥白尼最崇敬的导师。他们常常在一起悄悄地探讨天空的奥秘。一次，他们在夜色中散步，望着空中的繁星，哥白尼叹着气问：“老师，对于天空中的秘密，我们知道得太少了，为什么不能进一步探求呢?”

“哎，你怎么又提起这个话题了?”教授严肃地回答，“我们刚才不是还约法三章，散步时不许谈论天文学的问题了吗?”

哥白尼无可奈何地点了点头。他们默默地走了一会儿，哥白尼又忍不住地问：“老师，日月星辰是上帝安排的，难道我们就不能多知道一些吗?我多么盼望有一天能造一艘飞船，飞到天空去看看……”

勃鲁泽夫斯基望着身边的年轻人，真想多给他讲一些宇宙的奥秘。但他十分明白，如果有人胆敢提出与“地心说”不同的意见，就会遭到罗马教廷的迫害，谁还敢多说一句呢?他只好鼓励他说：“你要学好数学和观测宇宙，相信你会实现愿望的。”

哥白尼明白了老师的意思，他发愤学习，坚持观察天象，长年累月地积攒资料。30 年后，他冲破了“地心说”的统治，写下了不朽的檄文《天体运动论》。

“三脚架”倒了

法国物理学家、化学家玛丽（居里夫人）与比埃尔·居里共同发现了放射性元素钋和镭，为人类利用原子能作出了杰出贡献。居里夫人是世界上两度获得诺贝尔奖的第一人。

玛丽出身于波兰的一个贫困家庭，是靠自强不息、苦读成才的杰出女科学家。小玛丽学习刻苦，读书专心是出了名的。一到晚上，她就避开喧闹的环境独自遨游在知识的海洋中。她把读书当做生命中的重要组成部分，无论是谁也转移不了她的志向。

一天放学后，姐妹们相约痛痛快快地玩一个晚上。可是玛丽默不作声地坐在房中像往日一样专心致志地读书。大家在门口喊她，她根本没听见。

为了让玛丽也放松一下，姐妹们商量了一阵，想出了好主意：她们搬来 3 把椅子，轻手轻脚地在玛丽背后搭起一个“三脚架”。希冀玛丽累了一伸腰，椅子便会倒下来，她也就无法安心读书了。之后大家躲在一边悄悄地观察着玛丽的动静。

半小时后，玛丽依然没动静，又过了好一会儿，玛丽碰掉了一本书。她弯腰拾书，抬头间“三角架”倒了。姐妹们高兴地欢呼起来。

玛丽迷惑地看了看兴奋的姐妹们，摸摸碰痛的肩膀，好一会儿才明白过来。她没有怨言，微笑着向大家致歉，拿起一本书又读了起来。

刻苦学习的玛丽

玛丽年轻的时候学习非常刻苦。当时，为供二姐上大学，玛丽一直当家庭教师。直到 24 岁，她才结束了家庭教师的生涯，进入巴黎大学理学院学习。她有强烈的求知欲望，全力以赴地学习着。

自从到了巴黎，玛丽便同二姐一家人住在一起。虽然条件不错，但离学校太远，于是她租了一家住房的第七层阁楼作为宿舍。有了安静的学习环境，玛丽更加刻苦地钻研课程了，但她当时的生活却十分艰苦。

为了节省取暖费和灯油，她每天傍晚，跑到附近的圣日内维埃图书馆去看书。图书馆里有明亮的煤油灯，室内也很暖和。她感到很满足，每天坐在那张长方形的大桌子前面，手抱着头读书，一直到晚上10点图书馆关了门才回去。

小阁楼又窄又矮，光线很暗。冬天屋里冷得出奇，冻得睡不着，她把所有的衣服都盖在身上，可还不见效果，她干脆把木椅子也压在被子上。天才的物理学家，那时曾天真地幻想从重量中求得一点温暖。

搬出姐姐家，学习效益提高了，可她的生活费用太少了。她十分节俭，只要有块面包，抹点黄油，喝点茶水就满足了。她的身体状况越来越差，很快得了贫血症。有一天突然晕倒了，当医生的二姐夫赶来看她，发现她一天之中的食品只是一把小萝卜干和半磅樱桃。

在艰苦的环境中，玛丽始终刻苦地读书，不放过每一分钟。虽然她的服饰最差，貌不惊人，但每个学期考试都名列前茅。入学两年后，她在30名学生应试的物理学硕士学位考试中得了头榜；第二年，又以第二名的成绩考取了数学硕士的学位。

勤奋好学的火工

斯蒂芬孙是英国发明家。他出生在煤矿工人家庭，因为家庭贫困，他从小就没有上过学。17岁后，他一边工作，一边利用业余时间进夜校学习。他发愤读书、努力钻研，掌握了很多关于机器的知识。因为努力，他从烧火工升为煤矿机械工程师。1814年，他制成世界上第一台客运蒸汽机车“旅行”号，将时速提高至46.4千米，而且提高了火车的使用价值。

斯蒂芬孙从小放牛，14岁随父亲去煤矿当了烧锅炉的学徒。虽然他不识字，但对机器却有浓厚的兴趣。他天天与蒸汽机打交道，一有空就到机器旁边，观察它的运转。机械师们拆洗机器，他更是凑到跟前问这问那。他头脑中的问号越来越多，但机械师们不屑回答他。他听说道理都在书中，便拿起机械师丢在一旁的书，可他连个字母都不认识。

近18岁的斯蒂芬孙报名上了矿区夜校。他不顾别人的冷嘲热讽，很快摘掉了文盲的帽子。他首先钻研科学书籍，逐渐弄清了蒸汽机的原理。这时的他，心里像开了一扇窗子那样亮堂。

矿上有一台机器突然不转了，几个机械师手忙脚乱地忙碌了半天，也没找出症结。这台机器一停，全矿区沉寂了，矿工们纷纷跑来看热闹。

矿主气急败坏地赶来，看着几个机械师那无可奈何的表情，破口大骂：“你们都是一群废物，平时好吃好喝，机器坏了却一个不顶用!”

这时，一个年轻人挤进人群，怯生生地对矿主说：“先生，能让我来修吗？”

矿主不认识他，转身问几个机械师，那几个人都用轻蔑的口气说着：“这是烧火的小火工”。

出于无奈，矿主面对目光越来越坚定的斯蒂芬孙说：“你试试吧，可别把机器搞坏了！”只见这年轻人胸有成竹地拿起各种工具修起机器来。没过多久，他把拆下的零件擦拭干净，熟练地安装好，排除了故障，机器轰隆隆地正常运转了！

矿主连声称赞斯蒂芬孙。不久，他被破格提拔为机械工程师。

汉斯的非赢不可

德国著名理论物理学家约翰内斯·汉斯，曾与人共同提出新的核壳层模型理论，并与美国物理学家合写了《核壳层结构基本理论》一书，这大大推动了原子核壳层模型理论的发展。

汉斯的爸爸是植物园的园艺师。汉斯从小跟爸爸在园里进进出出。植物园很大，花、草、树、木，应有尽有，小汉斯开心极了。他最喜欢躺在软软的绿草上看书。他涉猎广泛：童话、民间故事、连环画、名人趣事……他几乎对这一切都感兴趣，特别是牛顿的故事，大家称他是“小书迷”。

一天，小书迷和爸爸聊天。“爸爸，你去过英国吗？”汉斯问。

“当然，那是年轻的时候。你怎么对英国感兴趣？”

“嗯，妈妈说过牛顿住在那儿。爸爸，你见过牛顿吗？”

“哦……很遗憾，没有来得及去拜访。”

“你为什么没有去？”汉斯紧接着追问。

“是为了你呀，我不回来能有你吗？”爸爸逗他说。

实际上，牛顿比爸爸早出生200多年，爸爸说没有来得及去拜访，汉斯太小没有明白。汉斯对于爸爸这样的回答并不满意，接着说：“我不是一直在妈妈的肚子里吗？”在他看来，爸爸应去拜访牛顿，不应为自己而失去那么好的机会。

爸爸和叔叔、阿姨听了汉斯的话，都禁不住大笑起来，搞得汉斯莫名其妙，但他却从大人眼神中感到是在笑他。

从此，他便暗下决心，遇事要好好想想，多动脑筋，三思而后行。

小学毕业前夕，他憧憬着去有名的奥伯尔中学上学。为此，他把每一道题都当成一只足球，非把它踢进球门不可。这天，太阳已西下，教室里安静极了，黯淡的光线中，只有小汉斯一动不动地在座位上思考着。原来，有一道题他还没有解出来。其他学生都早已回家写作业去了，他却是在教室里完成作业，回家还要看其他书或另有别的活动安排。

汉斯的老师威尔先生非常喜欢这个好学上进又善于独立思考的学生。他悄悄迈进教室，这是他第三次来催汉斯回家了。

“老师，让我再想想，我非赢不可!”汉斯自信而又固执地说。

天色更晚了。只见汉斯猛地跺了一下脚，喜出望外地喊着：“噢，我想出来了!”不一会儿，他自豪地抬起头，看着一直守在身边的老师，歉意和感激之情溢于言表。

“哟，我得马上赶到动物园去，爸爸答应放学后帮我给小海龟治病呢!”

说完，他把作业本递给老师，向老师道别后，一溜烟似的冲出了教室。

汉斯小学毕业以优异的成绩进入奥伯尔中学。那年他 12 岁，像着了魔似的迷上了物理课。他并不满足于书本上的知识和成绩单上的优秀分数。他决心进行一项伟大的发明。他默不作声地利用 5 天的课余时间，做了一只水陆两栖船，并以自己的姓氏将其命名为“延森 1 号”。

手工课上，只见汉斯信心十足地在介绍自己的“发明创造”——“延森 1 号”是一只能进能退、无人驾驶的水陆两栖船。船长 20 厘米、宽 5 厘米，全身用薄铁制成。船头像飞艇，尾部如卧蝉。船的四周涂的是浮力较大的胶，“两腿”用铁片做成风车轮形状，船前部右侧是个小摇把。这只船在水里、陆上行驶进退自如……

突然一个声音打断了汉斯滔滔不绝的介绍：“能当面试试吗？说不定一下水就沉了呢!”

汉斯没吱声，看了一眼同学们那怀疑的目光，低头用手按住船，把船右侧摇把转了几转，一松手，小船在讲桌上哒哒哒地跑了起来。先向前，再向后，大家欢呼了！接着，他带领同学们来到一个小水池边。汉斯又扭动摇把几下，船平稳地在水上咚咚咚地威武前进了，先向前 5 米，又后退，跑得欢极了。这下同学们服气了，都争相传看着这只小船，对汉斯灵活运用物理知识中的浮力定律和平衡原理，佩服得五体投地。

走上化学之路

凯库勒是德国化学家。他原先学建筑，后因崇拜化学大师李比希而改攻化学，并在李比希实验室里进行科学研究。他有活跃的创造力，在化学结构理论方面作出了巨大贡献。

德国有座著名的文化小城——达姆斯塔特。这里环境优雅，传统文化氛围浓厚。1829 年，凯库勒就出生在这座小城。也许是受到传统文化的熏陶，凯库勒从小就喜欢文科。

小凯库勒思维敏捷、思想新颖，能十分流利地讲 4 种外语——法语、拉丁语、意大利语和英语。尤其他的写作，独出心裁，常常令人耳目一新，多次受到教师们的表扬。

有一次上文学课，老师出了一个作文题目，要求同学们当堂写作，下课交卷。课堂中，别的学生们都在苦思冥想，埋头写作，听不到一点儿声音。可凯库勒却呆呆地坐在课桌后，望着墙壁，偶尔在白纸上画点什么。文学老师在教室里走了几次，看见凯库勒的纸上连一个字母都没有，心中不悦。

下课时间就要到了，老师把凯库勒叫到黑板前，让他朗读自己的作文，同学们都在心里担心他出丑。只见凯库勒稳步走到讲台前，不慌不忙地把手中的纸举到面前，然后竟出口成章地读起“作文”来了。听着他那美妙的语言、巧妙的构思、利落的行文，教室里立刻响起了热烈的掌声。这件事让老师和同学们感到出乎意料，从此，凯库勒的文学天赋在学校出了名。

凯库勒虽然文才出众，但他服从父亲意愿到德国西部的吉森大学去学建筑。在这里，凯库勒第一次听到李比希的名字，高年级学生言谈中对这位化学家的钦佩和尊敬，引起了凯库勒的好奇心。一次又一次地听李比希的课后，他迷上了化学，并产生了改学化学的念头。

真正使他坚定献身化学决心的，是一桩戒指失窃案。达姆施特市的赫尔利茨伯爵夫人的宝石戒指失窃了。这枚戒指上有两条蛇缠在一起，一条是用黄金做的，另一条是用白金做的。后来，在伯爵夫人的仆人那里搜到一枚相同的戒指，那人声称早在 1805 年这宝贝就由祖上传到他手中了。

法院开始审理这个轰动一时的戒指失窃案了。凯库勒因住在伯爵邸宅的对面，而被传到法庭作证。他清楚地记得伯爵夫人家发生火灾那天的情景，正是那天，伯爵夫人的宝石戒指丢失了。没想到在法庭上凯库勒也看到了化学大师李比希，法庭请他对戒指金属成分做了测定，将以他的结论判决。化学家宣布：“白戒指是用白金制成的，毫无疑问。而白金用于首饰业是从 1819 年才开始的。伯爵的仆人说这枚戒指早在 1805 年就到了他手中，这是无稽之谈。因此，伯爵家的仆人的罪行是明显的。”

听了李比希的一席话，凯库勒更加敬重这位教授了。虽然作为学生，他曾多次听过教授讲课，但李比希却不认识这个崇拜他的学生。这次戒指失窃案，使他们在一个不寻常的场合互相认识了，同时也加速了凯库勒弃建筑学化学的行动。

偷偷学习的天才

布莱士·帕斯卡是法国数学家和物理学家，从小智力过人。17 岁提出帕斯卡定理，20 岁设计制造了历史上第一台机械计算机，22 岁时，致力于真空与流体力学的研究。虽然他没有活到 40 岁，但对人类的科学作出了重大贡献。

帕斯卡的父亲艾特先生是位数学爱好者，他深知研究数学的艰难。小时候的帕斯卡体弱多病，为了阻止儿子迷上数学，艾特先生把家中所有的数学书籍都藏了起来。

可帕斯卡偏偏酷爱数学。在他眼里，几何图形是世界上最美丽的东西。房屋、树林、花草、桌椅，甚至炊具，一到他视线中，全变成了美妙绝伦的几何图形。有的时候，他与伙伴们玩着玩着就没影了，如果一找，保证在角落里画突然想起的几何图形。

父亲知道儿子在偷偷学数学，但对于别人告诉他帕斯卡是个天才的说法并不相信，于是决心找个机会核实一下。

一天，帕斯卡又偷偷溜进父亲的房间，玩起他的“几何游戏”，艾特先生悄悄地跟在后面，站在他身后观察了好半天。起初，帕斯卡玩得十分投入，过了一会儿，一抬头，发现父亲在身后，立刻慌了手脚，赶紧把一个本子藏到身后。父亲没有斥责他，拿起儿子的笔记本一看，大吃一惊：才 12 岁的儿子竟用自造的数学名词，证明了 30 多条几何定理，并且所运用的方法几乎与数学大师欧几里得《几何原本》书里的一样！

此时，艾特先生已对儿子刮目相看，再也不想阻止儿子学习数学的欲望了。他不仅自己辅导儿子，还把帕斯卡带到“莫光尼学会”，与笛卡尔、费尔马等大数学家交往。一个小数学天才就这样冲进了数学领域，并在短短的人生中取得了巨大成绩。

用小海象换书读

罗蒙诺索夫是俄国科学家。他在科学上的最重要贡献是发现了“质量守恒定律”和“能量守恒定律”。1748 年，他创办俄国第一个化学实验所，1755 年创建莫斯科大学。在历史和语言方面，他也都有杰出贡献。

罗蒙诺索夫出身于渔民家庭，父母都没有文化，村里也没有学校。小罗蒙诺索夫 8 岁时，母亲见他喜欢读书，便把他送到退职在家的教堂执事尼基蒂奇老头那儿去学习。后来小罗蒙诺索夫又主动到村里另一名有文化的人——舒伯纳处拜师学习。由于小罗蒙诺索夫求知欲强，学习刻苦，因此一年中学完了别的孩子需要几年才能学完的识字课本。

正当 9 岁的孩子努力吸吮着文化知识时，他的母亲不幸病逝了。继母既凶狠又毒辣，一味地让小罗蒙诺索夫干活，不让他抽空看书。只要她发现小罗蒙诺索夫在看书，非打即骂，并同时把夺来的书撕得粉碎。没过多久，家中的书全让继母毁坏了。小罗蒙诺索夫为此不知偷偷流下了多少伤心的泪水。

酷爱读书的小罗蒙诺索夫到邻村杜金家去玩，发现他家有一本著名数学家写的《算术》。他立刻被书吸引了，临走时对杜金说：“我用牡鹿皮大衣和贝壳换你这本书，行吗？”

杜金不同意，想了一下说：“要换的话你就用一头小海象吧，别的都不稀罕。”小罗蒙诺索夫满口答应了。

回家后，他却发愁了，上哪去逮小海象呢？实际上人家是搪塞他。他出去打工干了四十天的活，挣了一些钱，然后用这钱去求人买了一头小海象。当他带着小海象去换书时，杜金一家人听到海象的来历，都深受感动，马上把书拿出来，还又送了他几本书。

来之不易的列席

1922 年年底，伟大的物理学家、相对论的创始人爱因斯坦到日本来讲学。消息一传开，全日本都沸腾了，位于京都的第三高等学校也被“爱因斯坦来日本讲学”的消息所鼓舞。那几天里，爱因斯坦成了唯一的话题。刚刚升入这所学校的 16 岁的朝永振一郎，深深地被校园里对伟大科学家的崇拜气氛所感染。

有一天，朝永振一郎到老师那儿请假，理由是：“我要去听演讲。”老师乍一听，被弄糊涂了。等明白过来，才知道他要去听爱因斯坦的演讲。在班上，朝永是学习最刻苦的学生之一。由于从小对数理的偏爱，他的数理成绩更是突出。老师见他积极性很高，就没有打击他，而是问：“你怎样去呢？人家会让你进演讲厅吗？”

是啊，前去听讲的人那么多，而且全是知名人士，演讲厅里的工作人员会放他进去吗？朝永自信地说："我去想想办法，能成的。"征得老师的同意，朝永便离开了学校。

到哪儿去弄一张入场券呢？朝永首先想到自己的学校——第三高等学校，校长也许会帮他。可是朝永找到校长一打听，才知道根本没指望。于是他又急忙赶到京都大学，他找到院长办公室。当他向负责人提出自己的请求时，负责人仔细打量了他一番，才说："入场券倒还有，但已分配完了。而且……"负责人顿了一下，才谨慎地说，"你合适吗？"那眼光，明显地对朝永的听讲能力持怀疑态度。找院办公室没有解决，现在只剩下最后一线希望了，那就是去找父亲。他立刻赶回家里，去求父亲帮忙。"爸爸，我要去听演讲！"

"知子莫若父。"从小看着儿子长大的父亲，不仅时时关心着儿子的进步，对他的爱好、特长也是了然于胸的。他知道朝永6岁开始上学，对自然科学似乎有一种天生的兴趣，现在儿子提出去听演讲的要求，做父亲的应该帮助他，让他去见一见那位伟人，于是便满口答应了朝永的请求。可是入场券只有一张，到哪儿去弄第二张呢？没有入场券，能带朝永进场吗？

时间不等人，再不能耽搁了。父子俩匆匆赶到东京。朝三十郎带着儿子，直接来到会场管理处，说明了来意，并且介绍了小朝永的一些情况，特别强调他对物理学的爱好和他的志向。管理处的工作人员听完介绍，被朝永那求学的热情所打动，同意让他特别列席听讲。

愿望终于实现了。站在一旁的朝永放下了一颗紧悬的心，欢悦之情溢于言表。

爱因斯坦的演讲向人们揭示了一个奥妙无穷的物理世界。朝永虽不能完全理解，但这变幻莫测的物理世界给他留下了终生难忘的印象，也更加坚定了他献身物理学的决心。从此，朝永更努力、更刻苦地学习，他对物理现象、对自然的观察和思考的兴趣也更浓厚了。

1926年，朝永考入京都帝国大学物理系，并以量子力学作为自己的主攻方向。由于奋发进取、艰苦探索，他终于在量子电动力学方面作出了突出贡献。

笛卡尔刨根问底

勒内·笛卡尔是17世纪法国先进科学思想的代表。他对哲学、物理学、生物学、医学和天文学都有重大贡献。但他在数学上的成就，使他在其他方面的工作黯然失色。后来的一位名人评价说："笛卡尔的坐标几何远远超过他哲学上的任何成就，是严密科学中一个最为重大的进展，它使笛卡尔的名字永垂史册。"

小笛卡尔出生在法国西部的图朗城中一户贵族世家，父亲是个有名望的律师，还是地方议会的议员。小笛卡尔出世的第三天，母亲便溘然长逝。

后来，小笛卡尔的父亲再婚，聪明善良的继母挑起了重担。她不仅精心照料着这个先天羸弱的孩子，而且总是耐心而娓娓动听地给笛卡尔讲各种神话故事。夏天的晚上，星光闪烁，轻风拂面，继母抱着笛卡尔坐在院子里乘凉，她绘声绘色地讲起日月星辰的故事："你看见窗户正对着的那颗闪亮的星星了吗？那是美女星。星星的上面有一位美丽的公主，公主的眼睛美极了，就这样一闪一闪的。"继母边说着，边眨巴着自己的眼睛。

"她吃什么呢？"小笛卡尔瞪着大眼睛问着。

"她吃苹果。她不爱吃糖，因为星星上糖太多了。"

"星星上哪来那么多糖啊？"

"本来就有的呗！"继母理直气壮地说。

"你也没上去过，怎么知道有那么多糖？"小笛卡尔问着。

"这……"口齿伶俐的继母被他的话问住了。

站在一旁的父亲被儿子的刨根问底也弄得张口结舌，只好说："好啦，小哲学家，你长大后自己去解答吧。"

父亲的这句话，激励着笛卡尔一生不倦地追求。长大后，笛卡尔走进了军营。身在军营的笛卡尔无时无刻不在苦苦思索着各种哲学、数学的问题。

冬季到了。1619 年 11 月 10 日，这是战事平静后的一天，笛卡尔供职的军队驻扎在多瑙河边的一个叫诺伊堡的小村庄附近。白日里，这儿空气清新，风景如画，令人陶醉；夜色中，明月高悬，兵营中灯火通明，官兵们推杯换盏，用喧闹声和歌声迎接圣·马丁节。此时的笛卡尔独自徘徊在乡间小道上，用"心智的全部力量，来选择我们应遵循的道路"。如水的月光下，他的头脑像一台高速运转的机器，不停地工作着。

待他拖着疲惫不堪的步履返回营房时，其他人早已醉卧睡熟。他倒头便睡，很快进入了梦乡。笛卡尔先是梦到自己从教堂的隐蔽处被一阵大风刮起，飞啊飞啊，飞到了另一个地方，在那里大风对他无能为力。之后，他又梦到自己遇到了一场可怕的风暴，风暴席卷了地上的一切，可对他却毫无伤害。最后，他梦到自己在大声地朗诵罗马诗人奥生尼的一句诗："我应遵循哪条生活之路？"

清晨起床后，这三个梦还清晰可辨地浮在脑海中。笛卡尔曾说，这些梦改变了他整个生活的方向。这几个梦像一把打开自然宝库的钥匙。“连做梦也在想”，笛卡尔的梦无疑是他对盘桓在心中的哲学和数学问题长期紧张思考的结果。梦中的情景突然启发了科学家的灵感，用数学来探索一切自然现象，把代数应用于几何中，笛卡尔的思维得以升华。这一天，被后人称为近代数学的伟大诞辰。

做“侦察”笔记

阿尔方斯·拉夫伦是法国生物学家和医学家。他在阿尔及利亚经过多年研究，发现了导致疟疾病的疟原虫。他撰写的《论疟疾和它的病原体》、《疟疾病的预防法》等一系列论著，为人类探讨细菌、寄生虫和传染病奠定了十分重要的基础。

拉夫伦从小就立志从医，去拯救千千万万受病魔折磨的苦难的百姓。可当时他家里没有足够的能力供他上学，为了读书，他只好半工半读，在医学院的实验室里做工。在实验室里做工的日子，拉夫伦耳濡目染，渐渐对医学着了迷，心中便产生了想当医生的愿望。

从此，他开始了“侦察”活动。每逢医生们要做大手术或进行病案讨论时，他都神不知鬼不觉地溜进来，静静地站在一旁，仔细地把医生们治病的程序和处方偷偷地记下来。那边医生们讨论得认真、热烈；这边小拉夫伦侧着耳朵，睁着大眼睛，悄然关注着医生们的一举一动，恨不得把耳闻目睹的一切都印在脑中，变为自己的知识。

就这样，拉夫伦年复一年地读书、做工，他的“侦察”笔记不知做了多少本。

功夫不负有心人。少年的壮志和艰难的学习环境，使拉夫伦不断锻炼成刻苦钻研的顽强青年。由于他的成绩优秀、见识独特，终于成为医学院有史以来唯一学历不够，而被特准入学的高材生。经过医学院学习的拉夫伦以出众的成绩毕业，实现了当医生的理想，并成为一名医学领域的拓荒者，为人类医学作出特殊的贡献。

立志学医的豪塞

阿根廷医学专家贝尔纳多·豪塞，自创生理药物研究院，开创了用脑下垂体腺诊断糖尿病，并利用注射感应有效地治疗糖尿病的先河，为人类医学作出了卓越贡献。

贝尔纳多·豪塞生活在阿根廷的首都布宜诺斯艾利斯。他从小便显示出非凡的志向和超人的作为。他 9 岁上大学，13 岁担任见习大夫，20 岁便成了中南美洲教育史上最年轻的教授。

说起豪塞 9 岁学医还真有一段令人感动的故事呢！因为他天资聪颖，他父亲按他的兴趣请了一位家庭教师。他以惊人的智商与毅力迅速超过了同龄人的学习进度。9 岁时根据他历年的学习成绩，英吉利学院破格准予豪塞免试入学。当父亲兴奋地向他报告喜讯时，他却满脸平静地思考了一会儿后，语气坚定的表示：“不！我要学医!”

原来，一次和伙伴们在海滩上玩耍时，海浪将一个人抛向岸边。只见这人用求生的眼光望着孩子们，双手抓进沙滩里，吃力地向前爬了几步便不动了。

在孩子们的呼救下，医护人员迅速赶来，那人却停止了呼吸。小豪塞目睹着医生那无奈的神色和那人亲人的悲痛欲绝，心中萌发了学医的念头。

阿根廷当时规定，只有成绩优秀，通过考试的学生才可学医。面试时，考场内外挤满了好奇的人们，充满稚气的豪塞以优异的成绩和为救人命而学医的决心，顺利通过了考试。在人们的掌声中，豪塞被医科院校破格录取。

大科学家大手笔

DAKEXUEJIA DASHOUBI

制服决口的高超

宋代庆历八年（公元1048年）6月，我国华东一带暴雨成灾，黄河水位猛涨。十几天后，翻滚着黄沙浊浪的黄河水终于冲垮了澶州（今河南濮阳）的一段河堤。

“大水来了！大水来了！”老百姓们惊恐万分。可在那个时代，老百姓对水灾能有什么办法呢？决了堤的黄河水吼叫着一直向北冲去，淹没了就要收割的庄稼，冲毁了村庄，直逼北宋的陪都北京（今河北大名县），严重威胁着陪都北京的安全。

宋王朝面对这种局面非常着急，派了三司度支副使（管理财政的高级官员）郭申锡去治理，想了不少办法，可决口怎么也堵不住。这时，有一位名叫高超的水工站了出来，出了个“三节下埽合龙法”的主意，竟成功地堵住了决口，使黄河水驯服地流回了故道。从此以后，高超和他的治水之道也被后人传为美谈。

据《宋史》记载，庆历八年6月的一次决口共约850米宽（决口为557步，一步合1.55米），堵塞工程非常艰巨，决口很久没有堵上。原来堵口工程要先从两头同时筑堤，这时困难还不太大。随着工程的进展，两头距离越近，水流就越急，到最后，把两头连接起来，叫做“合龙门”，这是堵口工程成败的关键，也是工程最困难的地方。当时“合龙门”是用“埽”来堵塞的。

“埽”是1000年前我国劳动人民在长期与洪水做斗争中创造的一种堵河决口的器材，是用秸秆、土、石头等卷成的大圆捆，直径一般从一米到三四米不等，长度约100米。做法是把秫秸、树枝、苇草等铺很厚的一层，用碎石泥土做心，卷成一大捆，再用竹索紧紧地捆住。为了便于牵挽，打卷时，中间放若干比埽更长的心索，使两头都有牵绳。

郭申锡监管的这次堵口，只知搬用老办法，做成100米的长埽。但往往在“合龙门”的时候，由于水深流急，埽身太长，一放下去，便被洪水冲跑，连放几次都不成功。洪水依旧奔流着，在场的人们都心急如焚，郭申锡更是像热锅上的蚂蚁，急得手足无措。

就在这个时候，具有丰富实践经验的水利工人高超站了出来，他说：“埽身太长了，不容易把它压到底，不但起不到断流的作用，反而把绳索都拉断了。如果把60步（约合100米）的埽分为三节，每节长20步，彼此相互之间再用绳索连起来。先下第一节，当第一节压到底后，再下第二节，然后再下第三节，就能把‘龙口’锁住。”高超提出的这种分段作业的方法，是很有科学根据的。因为高超从实际出发，对各种方案进行分析、比较，才得出分段作业比一次作业优越的结论。

高超的方案提出后，有人说：“20步的埽，不能一下断水，分成三节，耗费更多，如果不能堵住决口怎么办？”“高超很有信心地说：“第一节20步的埽下去后，水确实不会断，但水势已削弱一半，压第二节埽就省力多了。两节埽一下，水纵然没有断，也只不过是小漏罢了。下第三节埽时，就基本上等于平地施工了。这时候，人力能够得到了充分的发挥。到第三节埽处置好了之后，前两节埽自然被浊泥淤塞，用不着多费人力了。”

高超提出的革新方案，道理讲得透彻，具体做法也交代得很清楚，使在场的人们连连点头称是，非常佩服。但是，郭申锡这个老古板就是听不进去。他以为自己主管这一工作已多年，又把持着水利大权，难道还不如一个普普通通的水工？这面子岂不是过不去吗？他仍然死抱着已被实践证明了不能用的老办法，结果，不分节的长埽下水后又被急流冲断流走。这时，龙门不但没有合，反而越来越宽，水灾直逼陪都，朝廷也发了怒，一下子把郭申锡的职务给撤了。

那时在陪都做留守官的贾昌朝，是一个思想比较开明，又很关心水利的人物。他听了高超的建议以后，心里暗自思量：“此举很有些道理，不妨试试。”他暗地里派人到决口下游的地方去打捞被急流冲下来的长埽，回收了许多秸秆、竹索等材料。然后又组织了人马，按高超设计的方案实施，果不其然，巧合龙门，顺利地堵住了决口，洪水被治住了。

让孕妇捡豆子

朱丹溪是中国历史上有名的神医，他善于观察病情，然后对症下药，治好了不少疑难病症。

有个孕妇一次收拾好碗筷，想将饭篮挂到一个钩上，由于她挺着大肚子，必须踮起脚尖，可是挂时一用力，肚子突然一阵疼痛。此后就腹痛不止，整天不得安宁。家人带她四处求医，吃了不少药，可就是不见成效。

朱丹溪被请来治病。他问明病情，又仔细诊断一番。接着他抬头四处看了看，见墙角有筐小豆，就把约半升小豆撒了一地。之后，他让孕妇喝了一碗糖汤，告诉她把地上小豆捡起来。大家心中升起疑团，但都没说话。孕妇没办法，只好忍着痛，一粒一粒地捡地上的豆子。3 个小时过去了，地上的豆子才捡完。孕妇直起身子舒一口气时，惊喜地发现腹痛减轻了许多。朱丹溪又给她开了 3 帖安胎药。孕妇经这一活动，又吃了药，疼痛很快消失了，不久就顺利地生了小孩。

事后，人们向朱丹溪讨教这次治病的奇特医理何在。朱丹溪说："因为她起病突然，属于胎位移动。胎位不正，不能光靠药品治疗。所以必须先用自身的活动给予正位，然后再服些安胎药，这样才有效果。我让她捡豆子，这个动作一弯一挺，能使胎位逐步移正。"

以为朱丹溪用了什么妙术的人，此时从心里钦佩他的"实用医术"，直夸他医术高明。

火车自动挂钩

詹天佑一生致力于祖国的铁路建设事业，呕心沥血，拼尽全力，作出了卓越贡献。他负责中国第一条自筑铁路——京张铁路的修筑任务，为祖国争了光。

在京张铁路刚开工的时候，在丰台车站铺轨的第一天，京张铁路工程队的工程列车中有一节车钩链子折断了，造成了车辆脱轨事故，詹天佑费了很大的力气才恢复原状，但影响了部分列车的正常运行。那些看中国人自己修铁路十分嫉恨的外国人，抓住这件事大肆狂叫，说什么詹天佑在铺道的头一天就翻车，证明这条路不用外国人是修不好的。

对于这些无耻谰言，詹天佑毫不介意。但是，列车钩链折断这件事却使细心的詹天佑受到很大启示，想到了改进车钩。詹天佑的大胆设想，传到一些保守人的耳朵里，又遭到他们的讥笑，认为詹天佑连世界上通用多年的车钩也要碰一碰，真是不自量力。詹天佑不怕冷嘲热讽，说："可怕的是明明有缺点，却不肯改正缺点。"

他想：铁路不仅要有坚固的路基和标准的轨距，而且还必须使列车的车厢之间能够紧紧地联结在一起。特别是高峻险陡的京张铁路，爬向高地或曲线运行时，要求火车必须固如一体，才能保证列车安全；而当时通用的链子钩既没有弹力，又容易拉断，恰恰不具备这些长处。

詹天佑决心对车钩进行改革创新。他经过 3 年的废寝忘食、刻苦钻研、反复设计和修改，终于改成了一种新式的自动挂钩，在修筑八达岭"人"字形铁路时，得到了采用，在行车安全上发挥了重要作用。这种挂钩装有弹簧，富有弹力，又不用人工联结，只要两节车厢轻轻一碰，两个钩舌就紧紧咬住，犹如一体。要分开又很方便，人站在线路外面，只要抬起提钩杆，两节车厢就分开了。

詹天佑为祖国铁路的建设立下了不朽的功勋，永远受到人民的崇敬。为了纪念他，人们在青龙桥站建造了詹天佑的铜像。

条件反射的实验

1849 年 9 月 26 日，巴甫洛夫出生在俄国的梁赞。他的父亲是一位牧师，他起初接受的教育也是为了继承父业做一名好牧师。可是，当他读了达尔文的《物种起源》这本书之后，就立志走上献身自然科学的道路。

1870 年，巴甫洛夫还没有在神学院毕业，就转进了彼得堡大学。他先学习物理和数学，然后又改学生理学。大学毕业后，他一边在军医学院当助教，一边学习军医学院的医学课程。这一段学习生活对巴甫洛夫来说，十分重要。因为他不仅积累了广博的知识，还学会了使用手术刀。1884—1886 年，他又到德国去进修了两年。

回到军事医学院后，他开始研究消化生理，探索出控制消化腺分泌，特别是胃液分泌的神经机制。1889 年，他进行了一项著名的实验：在一只狗的脖子上开一个口子，把食管切断。然后，把这 2 个断头接到皮肤外头来。这样，食管被切断后，给狗喂食物时，食物不会进到胃里，而是从切口处掉到了外面。通过这个实验发现，食物虽然不能到达胃里，可是胃液还是分泌了出来。这个实验告诉人们：胃液的分泌不是食物刺激的结果，而是食物刺激了口中的味觉神经，味觉神经将信号传达到了大脑，由大脑控制着胃液的分泌。

由于巴甫洛夫的这项研究揭示了消化生理的详细情况，因而获得了1904年度诺贝尔生理学与医学奖。

这时候，巴甫洛夫又把他的研究兴趣转移到了大脑上。食物刺激口中的神经导致胃中的一系列反应，也被称为无条件反射。这就像灰尘落进眼睛里，人就会眨眼一样，是与生俱来的反射，不需要任何训练就会产生，动物和人都是这样。

可是，巴甫洛夫进行了这样一项实验：在给狗喂食之前，打开电灯。你可以想象，狗是不会流唾液的。可是，在打开灯以后，紧接着给狗喂食，它的唾液就流了出来。

以后，凡是给狗喂食的时候，就打开电灯，也就是让灯光和食物总是同时出现。这样动作重复多次以后，只要灯光一亮，即使没有食物，狗也会流出口水来。狗已经把灯光同食物的出现联系了起来，所以，对灯光像对食物一样起反应，这就是条件反射。

巴甫洛夫经过深入细致的研究，证明了条件反射是高级神经活动的基本形式。他创立了条件反射学说，也就是高级神经学说。他的研究，弄清了许多复杂的问题，对生理学和医学都有着巨大的贡献。

巴甫洛夫在一生中，做了大量的生理学实验，他86岁时，写下了一份遗嘱。这个遗嘱不是写给他自己子女的，而是把自己的经验和希望留给献身于科学事业的青年。

1936年2月27日，巴甫洛夫与世长辞了。他的一生，正像他在遗嘱中要求青年去做的那样：“科学要求人们花费毕生的精力。即使你有两倍的寿命，也仍然是不够用的。”

人造卫星的发明

第二次世界大战结束后，美国和前苏联拉开了一场和平竞赛，尤其是在火箭和宇航技术上的相互较量。这两个世界超级大国各自组织了由一批科学家、高级工程技术人员参加的机构，开始暗暗地较上了劲。

1955年7月29日，美国公开宣布：要在1957年的“国际地球物理年”发射人造卫星。

这时，前苏联的火箭总设计师谢尔盖·科罗廖夫正殚精竭虑地致力于前苏联的航天技术的发展。当他从收音机里听到美国这一消息时，非常焦虑，他连夜赶写了一份关于加快研制苏联人造地球卫星的计划，送给了当时的苏联领导人赫鲁晓夫。

苏联政府很快批准了科罗廖夫的报告，加快了在哈萨克大草原建设卫星发射基地的步伐。科罗廖夫受命于非常时刻，他率领一批火箭专家、高级技术人员，开始了一场争分夺秒的战斗。

凭着渊博的火箭知识，科罗廖夫知道，要把人造卫星送入绕地球运行的轨道，必须具有足够推力的运载火箭。但是，他们当时只有单级火箭，而单级火箭的推力显然太小了。

怎么办？科罗廖夫苦苦思索着。如果这个问题解决不好，他们的计划也就无从实现了。突然，他想到了“宇航之父”齐奥尔科夫斯基，为什么不向他请教呢？

听完科罗廖夫的问题，齐奥尔科夫斯基陷入了沉思：单级火箭推力太小，那么双级、多级火箭呢？

“双级、多级火箭？”

“对！就像火车一样，一列火车可以有 10 节车厢，也可以有 15 节车厢，就根据载客量的多少而定。这火箭，是不是也来个‘列车’呢？”齐奥尔科夫斯基说。

科罗廖夫顿时豁然开朗，他根据齐奥尔科夫斯基“火箭列车”设想，开始设计具有大推力的运载火箭。在研制过程中，他不断完善“火箭列车”的设想，提出串联或并联的方式组成多级火箭或捆绑式火箭。

转眼间，两年过去了，科罗廖夫的研制计划迎来了最关键的时刻。1957 年 10 月 4 日夜晚，哈萨克大草原卫星发射基地上，一派紧张、激动的景象。卫星发射基地的中央，矗立着一支巨大的两级火箭。在强烈的探照灯光照射下，它是那么得耀眼，就像一柄利剑，傲然指向神秘莫测的苍穹。

发射的时刻终于到来了。科罗廖夫缓缓稳步向前，亲手点燃了导火线，然后迅速撤入掩蔽部。

最后 30 秒、20 秒、10 秒……

四周一片寂静，唯有导火线哧哧燃烧的声音，人们紧张得连大气也不敢喘。

5 秒、4 秒、3 秒、2 秒、1 秒！

轰的一声巨响，在耀如白昼的火光中，火箭冲天而起。

发射成功了！科罗廖夫和同伴们紧紧地拥抱在一起。

火箭载着世界第一颗人造地球卫星“斯普特尼克1号”，把这颗重83.6千克、带有2个无线电发射机的铝合金小球送入了地球轨道。

经过艰苦卓绝的努力，科罗廖夫终于了却了夙愿，抢在美国之前将人造地球卫星送上太空。从此，浩瀚的太空增加了一族新的成员——人造天体。

当科罗廖夫和同伴们收到这颗小球上发射回来的无线电波时，他们无比激动地大声欢呼：“成功了！我们成功了！人类进入了宇宙航行时代！”

数学家的智慧

格洛阿是法国的天才数学家。一次，他去看望老朋友鲁柏，但看门女人告诉他：鲁柏已在两周前被人杀了，家中近期汇来的钱款也被洗劫一空。格洛阿下决心要破此案。

格洛阿了解到，鲁柏死时手里死死地掐着半块没有吃完的苹果馅饼。女看门人和鲁柏是老乡，馅饼是她送给他品尝的。她认为，作案人就在这幢公寓内。因为案发前后她一直坐在值班室，并没有见有外人出入公寓。警察之所以现在还没有破案，大概是因为这幢公寓有4层楼，每层15个房间，共住着100多人，情况比较复杂。

格洛阿开动了他那天才的大脑，苦苦地思索着。突然他脱口而出：“有了！”

他问女看门人314房间住的是什么人，她说：“是米塞尔。”

“此人怎样？”

“他好喝酒、爱赌钱，但昨天已经搬走了。”

“这个米塞尔就是杀人凶手。”数学家肯定地说。

“有什么根据？”女看门人惊奇地问。

数学家说：“我想鲁柏死时手里的馅饼就是一条线索。他是一位喜欢数学、善于思考的人。馅饼，英语叫‘Pie’，而希腊语Pie是π，即我们通常所说的圆周率。人们在一般计算时取3.14的值。临终前，他机智地想到利用馅饼暗示凶手所在的房间号，为今后的破案留下线索。”

警方根据格洛阿的分析，立即追捕了米塞尔。经过审讯，米塞尔供认，因输了钱就想到了鲁柏家里刚刚汇来的巨款，遂做了谋财害命的事。

画错了的苹果

德国植物学家格贝里，在植物的分类上卓有贡献，同时又是业余绘画爱好者。一次，他去探望一位画家朋友，那位朋友高兴地说："您来得正好，快给我的一幅新作提提意见吧。"

"又有新作了？"格贝里兴致勃勃地说，"快拿出来看看。"

画家拿出他的新作——《陷于罪恶》。格贝里一看，就知道画是取材于《圣经》故事，描写的是亚当和夏娃在伊甸园中，因吃了禁果而犯了罪，被上帝逐出园了。格贝里是个非常细致的人。他把画细细地看了又看，目光便停在夏娃手里拿的苹果上面了。

"您觉得这画怎么样？"画家碰碰格贝里的胳膊。

"啊！啊！"格贝里扭头看看画家。从画家那笑眯眯的脸盘上可以看得出来，画家对自己的新作是极为满意的。可是，格贝里沉吟了一会儿，还是说："苹果画得不对！"

"怎么不对？"画家从欣喜中清醒过来，连声问道，"为什么不对？"

格贝里说："画里夏娃给亚当的那只苹果的品种只是在距今80年前才培育出来的啊！"随后他详细地讲解苹果的栽培史、新品种的特征等。

画家听着，原来矜持的表情渐渐变了，并连连点头称是。后来，画家按照格贝里的意见，把画改好了。

巴斯德征服狂犬病

法国著名科学家巴斯德正在实验室里专心致志地研究天花病毒，对于这一科研课题，他已经试验过无数次，很快成果将问世了。突然门铃响了，紧接着一位身材高大的青年人闯进实验室，脸色肃穆地递给巴斯德一封信。

原来，这是一封自认为受到科学家侮辱的上流社会显贵的亲笔信，他决定要用当时最流行的方式——决斗，来与巴斯德决一高低。正忙于科学实验成果的巴斯德，根本无心与这种人纠缠，但又不能无动于衷。他看了看实验室内摆放的瓶瓶罐罐，对来者说："既然是他向我挑战，那么按惯例，我有权挑选决斗武器。你看这里是两只盛着水的烧瓶，一只里面装的是天花病毒，另一只里面装的是净水。你告诉那个人，如果他将其中一瓶喝光，那么我就把剩下的一瓶喝掉。"

那位等待决斗的显贵听到巴斯德用这一特殊的“武器”来决斗，不知他葫芦里卖的是什么药，倒不知如何是好了。他找来自己的朋友商讨，研究了半天也没什么良策，只好放弃了决斗。

巴斯德由于工作的关系，接触过许多被疯狗咬伤引起狂犬病的患者，他亲眼目睹过一些不幸的病人在无情的精神折磨中死去的情景。巴斯德决心征服狂犬病这种“绝症”。

在多年研究蚕病、鸡霍乱和炭疽病的过程中，他发现病原菌能诱发免疫性。于是他从疯狗的神经组织中培育了菌苗，在狗和兔子的身上做了许多实验，都获得了成功，但是他还没有在人身上应用过。

一天，9 岁男孩子约瑟夫·梅斯特被疯狗咬了 14 口，伤势严重。小孩子的母亲把他送到巴斯德那里，巴斯德把母子俩安排好住处后，为孩子注射了第一针菌苗。小约瑟夫在他的实验室里活蹦乱跳地与小动物玩耍，没出什么事。

接着，巴斯德每天给孩子打一次菌苗，剂量逐渐加大。第 12 天，进行了最后一次注射，接种的是从当天死去的狂犬病人体内取出的菌苗。一般说来，种上这样的菌苗一定会发作。孩子吻过“亲爱的巴斯德先生”以后，平静入睡了。巴斯德却度过了一个恐怖之夜，有时，他觉得孩子死了，去看看，小约瑟夫还有均匀的呼吸，他一夜没有合眼。第二天，约瑟夫依然平安无恙，他的新疗法成功了。

不久，14 岁的牧羊少年朱彼利为救小伙伴而被疯狗咬伤，这位小英雄受伤 5 天以后，才被送来，巴斯德用同样的方法，使他也恢复了健康。

被疯狗咬伤的病人蜂拥而至，他的实验室被挤满了。人们纷纷自动捐款筹建巴斯德研究中心大楼。当巴斯德从捐款人名册里看到约瑟夫·梅斯特这个名字时，他深受感动。大楼落成了，几乎在大楼落成的同时，一尊耸立着朱彼利与疯狗搏斗、保护小伙伴的巨大塑像坐落在大楼的正前方。它形象地记录了巴斯德对人类征服狂犬病的巨大贡献。

沙文的升空实验

法国物理学家沙文是巴黎大学的教授。他在做实验时，把铁皮扔进硫酸中，发现有大量气泡冒了出来。他把这些气体收集起来，又发现这种气体比空气轻，能把一些物体浮起来。于是，他产生了一个大胆的设想：升空实验。

1783 年的一天，巴黎近郊有个大而圆的怪物突然从天上降落下来。人们以为是“魔鬼”降临，都吓得东跑西躲，胆大一些的跑去请当地的祭司来念咒文驱鬼。当这个平日自称法术无边的祭司壮着胆走近怪物时，一股强烈的气味直扑鼻而来。他以为这是怪物施展的魔法，吓得大叫一声“上帝保佑”，便抱头鼠窜了。

还是一个胆大的提猎枪的小伙子揭开了这个谜。只见他把枪对准那怪物圆鼓鼓的肚皮，砰的一声，怪物塌了下来。

这时，怪物中走出一个装束奇特的人来，那人见人们都把他当成魔鬼而四下逃跑，便大声喊着：“不要怕，我是沙文。”他告诉大家为了实验升空，他制造了大量的气体，请人制作了一个巨大的球囊，并把气体充满球囊。又制造了一个自己能坐下的篮子，把篮子拴在球囊的下方。他坐进篮子里，放开球囊，自己被带上天空，飘了很远后又落在此处。

那时，还无人知晓这种气体是氢气，还无人升过天空。村民们听着这类似天方夜谭的故事，脸上的表情由惊慌转为敬佩。

钉纽扣引出的发明

拉链发明于19世纪末。那时候的时髦衣服要有很沉重厚实的内衣衬在外衣里，一层一层的，包括衬衣、背心和外罩，所有的衣服都要用带子、布条或一排排的纽扣拉紧。有时穿或脱一次衣服要用半个小时，就连应时的靴子也用纽扣或鞋带紧紧地绑到膝盖。妇女们为衣服钉纽扣已成了一项烦琐、费时的工作。

1896年5月18日，美国芝加哥市有一个名叫威特科姆·贾德森的工程师，他看到妻子做衣服钉纽扣钉得手指都磨破了，很心疼。为减轻妻子的痛苦，他想出了一个办法：在两条布边上镶嵌了一个个U形的金属牙，再利用一个两端开口、前大后小的元件，让它骑在金属牙上，通过它的滑动使两边的金属牙咬合在一起，从而发明了“滑动绑紧器”。他把自己的发明送到芝加哥国际博览会上展出，人们把贾德森的发明叫做“可移动的扣子”。这就是拉链的雏形。

贾德森发明的“可移动的扣子”存在着严重的缺点——闭合不妥帖，而且容易自动绷开。如果用在裙子和裤子上，突然绷开就会令人十分尴尬。新产品还不能弯折、扭曲或洗涤。但是，他的发明独具创造性，直到1905年他获得与此有关的第5号专利时，还没有其他人提出过与此发明有关的专利申请。

贾德森因为此项发明同路易丝·伍尔科一起办起了“宇宙绑紧器公司”和“新泽西郝伯肯钩眼公司”，并为继续研制新产品而努力。到了1913年，他们雇用的一位瑞典工程师，名叫桑帕克的人，改进了贾德森的设计，将链齿改成凹凸形的，使它们一个紧套一个。这样，金属牙就不会自己分开了，非常类似于今天的拉链。他还设计出相应的生产机器，为拉链的批量生产打下了基础。

1924年，美国固定公司从桑帕克处购买了这种拉链专利，将它投入生产，并在商品交易会上当场表演。新的“可移动的扣子”引起了人们极大的兴趣。人们看到它使用起来十分方便牢靠，纷纷加以赞赏。根据它开合时发出的摩擦声，固定公司为它起了个形象的名字，叫做“Zipper”，也就是“拉链”。

在第一次世界大战期间，由于参战国要赶制大量的军服、皮靴，因此大量使用了拉链。到20世纪30年代，英国威尔士亲王穿起了一条以拉链代替纽扣的裤子。从此，拉链开始进入了服装业，并变得时髦起来。

1937年，法国巴黎的著名时装设计师在礼服设计中第一次使用了尼龙拉链；2年之后，一部好莱坞影片《绿色》的主题曲唱到了“拉链”。拉链开始风靡全球：衣裤、背包、裙子、鞋子、睡袋、枕套、公文包、笔记本、沙发垫等众多物品都用上了拉链。

1986年，美国著名的《科学世界》杂志根据广大读者的推荐，从成千上万件发明中，选出了20世纪对人类生活影响最大的10大发明。这10大发明中有飞机、火箭、尼龙、电视、电冰箱、飞艇、集成电路等赫赫有名的科技成果，但是，名列榜首的却是小小的“拉链”，可见它在人类生活中所起的作用。

如今，拉链已经演变得更加先进，成了生活中不可缺少的东西。从制造材料上看，已有铁、铜、尼龙、塑料、混合纤维等多种材料制成的拉链，它的用途也早已突破了服装业，涉足公共服务中的各个领域。

对蝙蝠感兴趣的人

“超声波”的科学原理，现已广泛地运用到航海探测、导航和医学中去了。有趣的是，作为较早的仿生学例子之一，教人类学会使用超声波的老师，是一般人不太欢迎的蝙蝠。

蝙蝠是一种奇特的飞行兽类，有的人把它们叫做“会飞的老鼠”。这种飞兽一般白天躲在暗处休息，到了晚间就飞出来捕捉飞蛾。有人对蝙蝠能够在晚间运行自如地飞翔产生了强烈的兴趣，这个人就是意大利科学家斯帕拉捷。

1793 年夏季的一个夜晚，斯帕拉捷走出家门，放飞了关在笼子里的几只蝙蝠。只见蝙蝠们抖动着带薄膜的肢翼，轻盈地飞向夜空，并发出自由自在的吱吱叫声……斯帕拉捷见状，百思不得其解。因为在放飞蝙蝠之前，他已用小针刺瞎了蝙蝠的双眼，瞎了眼的蝙蝠怎么能如此敏捷地飞翔呢？于是他下决心一定要解开这个谜。

在进行这项实验之前，斯帕拉捷一直认为：蝙蝠之所以能在夜空中自由自在地飞翔，能在非常黑暗的条件下灵巧地躲过各种障碍物去捕捉飞虫，一定是因为它长了一双非常敏锐的眼睛。他之所以要刺瞎蝙蝠的双眼，正是因为想证明这一点。

事实却完全出乎他的意料之外。可以说，他的实验失败了。但斯帕拉捷并没有到此为止。意外的情况更激发了他的好奇心。不用眼睛，那蝙蝠又是依靠什么来辨别障碍物、捕捉食物的呢？

于是，他又把蝙蝠的鼻子堵住，放了出去，结果，蝙蝠还是照样飞得轻松自如。

奥秘会不会在翅膀上呢？斯帕拉捷这次在蝙蝠的翅膀上涂了一层油漆。然而，这也丝毫没有影响到它们的飞行。

最后，斯帕拉捷又把蝙蝠的耳朵塞住……这一次，飞上天的蝙蝠东碰西撞的，很快就跌了下来。

原来如此！斯帕拉捷这才弄清楚，原来，蝙蝠是靠着听觉来确定方向、捕捉目标的。

斯帕拉捷的新发现引起了人们的震动。此后，许多科学家进一步研究了这个课题。最后，人们终于弄清楚：蝙蝠是利用“超声波”在夜间导航的。它的喉头发出一种超过人的耳朵所能听到的高频声波，这种声波沿着直线传播，一碰到物体就迅速返回来。它们用耳朵接收了这种返回来的超声波，使它们能做出准确的判断，引导它们飞行。

汽车自动启动器

在汽车刚发明不久之时，发动汽车内燃机要在汽车前部插入一根摇把，用力摇，既费力又危险。由于发动机的反冲，弹得铁摇把飞转，常把人打伤。

1909 年，查尔斯·凯特林在俄亥俄州戴顿附近的一间旧谷仓中建立了一个工作间，他和一些助手在那里发明和研制工业新产品。一天，当时 33 岁的凯特林接到卡迪拉克汽车公司总裁亨利·利兰的一封电报，邀请他访问底特律。

利兰见到凯特林时告诉他，他的一个好朋友最近被飞转的汽车摇把打死了，请他是否考虑发明一种帮助发动汽车的启动器。

凯特林回到谷仓后便开始着手试验。当时的工程师认为，给发动机点火的唯一办法是使用另一部发动机，但这一办法很不实用，因为这样会使部件庞大笨重，无法装入汽车。凯特林不赞成这个办法，他想找到既能保持部件体积小巧，又有足够力量的启动装置。

1910年12月24日，凯特林终于坐在汽车驾驶室中，按动电钮，马达便轰鸣着旋转起来。随后，他又继续对启动器做了进一步的改进。他的发明结果是显而易见的，它帮助了许多个汽车司机。

避雷针的故事

1752年6月的一天，美国费城郊区乌云密布，电闪雷鸣，在一块宽阔的草地上，有一老一少两个人正兴致勃勃地在那里放风筝。突然，一道闪电劈开云层，在天空划了一个“之”字，接着嘎嘣一声脆雷，雨点就瓢洒盆泼般地倾下来了。

只见老者大声喊道：“威廉，站到那边的草房里去，拉紧风筝线。”这时，闪电一道亮过一道，雷鸣一声高过一声。

突然威廉大叫：“爸爸，快看!”老者顺着儿子指的方向一看，只见那拉紧的麻绳，本来是光溜溜的，突然怒发冲冠，那些细纤维一根一根地都直竖起来了。

他高兴地喊道：“天电引来了!”他一边嘱咐儿子小心，一边用手慢慢接近接在麻绳上的那把铜钥匙。突然他像被谁推了一把似的，跌倒在地上，浑身发麻。他顾不得疼痛，一骨碌从地上爬起来，将带来的莱顿瓶接在铜钥匙上。这莱顿瓶里果然有了电，而且还放出了电火花，原来天电和地电是一个样子！他和儿子如获至宝似的将莱顿瓶抱回了家。

这捕获天电的人就是富兰克林和他的儿子威廉。富兰克林于1706年4月17日出生在美国，小时候家里很穷，无钱上学，就在哥哥开的印刷厂里当学徒。然而，他凭借他的聪明才智和不懈的努力，一生中有许多发明，而且是电学的开门鼻祖。他不仅是一位伟大的科学家，还是一位杰出的政治家和外交家，他是《独立宣言》的发起人之一，是美国第一任驻外大使。

在风筝试验之后，富兰克林写了一篇《论闪电和电气的相同》的论文，阐述了雷电的本质，还提出了制造避雷针的设想，使建筑物免遭雷击。然而，当他的论文在英国皇家学会上宣读的时候，有人却报之以轻蔑和嘲讽。但是，科学终究会战胜愚昧和无知。1756 年，英国皇家学会授予富兰克林皇家学会正式会员的称号。

富兰克林发明的避雷针，一下子风靡一时，传到英国、法国、德国，传遍欧洲和美洲。但是传到英国却发生一段离奇的故事。

1757 年，英国成立了讨论火药仓库免遭雷击对策委员会，富兰克林被任命为委员。但是对于避雷针的顶端的形状是尖的还是圆的好，人们发生了争执。有人想当然地认为圆头的好，但是富兰克林力排众议，坚持用尖头避雷针，最后终于被采纳了。于是，所有的避雷针都做成了尖头避雷针。然而 4 年之后，美国独立战争爆发，13 个州联合起来反对英国殖民主义，富兰克林当然首当其冲。

这事惹恼了英国国王乔治三世。由于英国跟美国远隔重洋，英国国王鞭长莫及，一气之下，传令将宫殿和弹药仓库上的所有尖头避雷针全砸掉，一律换成圆头的，并召见皇家学会会长约翰·普林格尔，要他宣布圆头的避雷针比尖头的避雷针更安全。

普林格尔一听惊讶万分，正直的科学良心使他义正词严地拒绝了国王的要求："陛下，许多事情都可以按您的愿望去办，但不能做违背自然规律的事呀!"普林格尔虽然被撤职了，但避雷针始终还是用尖头的。

那么，为什么尖头的避雷针更好呢？这得从导体的形状与其表面电荷分布的关系说起。在导体表面弯曲得厉害的地方，例如在凸起的尖端处，电荷密度较大，附近的空间电场较强，原来不导电的空气被电离变成导体，从而出现尖端放电现象。夜间看到高压电线周围笼罩着一层绿色的光晕，就是一种微弱的尖端放电。雷电是一种大规模的火花放电现象。当两片带异种电荷云块或带电云块接近地面的时候，由于电压极高，极容易产生火花放电。放电时，电流可达 2 万安培，电流通过的地方温度可达 30000℃。一旦这种放电在云和建筑物或其他东西之间形成，就很可能会发生雷击事件。如果在高层建筑物上安避雷针，一旦在建筑物的上空遇上带电雷雨云，避雷针的尖端就会产生尖端放电，避免了雷雨云和建筑物之间的强烈火花放电，因而达到避雷的目的。如果把避雷针的顶端做圆头，就不会出现尖端放电，避雷的效果就远不及尖头的避雷针了。

移花接木的发明

在原子反应堆的中心，有极大量的热生成。为了及时输出大量的热能，今天，世界各地很多原子反应堆中都有一台磁泵，用来驱动液态金属钠通过反应堆“心脏”部位，以冷却原子反应堆。殊不知这一套反应堆冷却系统，却是爱因斯坦和齐拉特所设计的一种不成功的冰箱遗留下的产物。这段鲜为人知的发明逸事，还得从头说起。

1928年，德国柏林的报纸上发了一则消息。那则消息说，柏林有一家人因他们新购置的冰箱有泄露问题，而在一夜之间惨遭不幸。在那时不论冷冻技术还是较原始的“高科技”，所采用的制冷剂如氨水，都是有毒物质。

这则新闻被漫游柏林的匈牙利学者齐拉特看到了。后来在咖啡馆里他同一块喝咖啡的爱因斯坦说起了这件事，并想同爱因斯坦一块设计发明一种安全的新型冰箱。

爱因斯坦在20世纪初的时候曾在波恩专利局当审查员，他的工作就是审查其他许多人千奇百怪的想法。爱因坦觉得齐拉特的想法很有意义。于是，两位大物理学家放下各自的研究工作，把自己的思考目标瞄准了厨房，而不是宇宙。这不啻是一段稀奇的往事，然而他们二人都十分认真地对待这项发明。1928年圣诞节前夜，他们在英国申请了专利。

他们设计的冰箱也是用常规冷冻管构成，但在管内流动的制冷剂不是那些诸如杀死柏林一家人的氨水之类的挥发性液体，而是液态金属或者是极其细微的悬浮金属颗粒，他们称为“有质动力”。从基础原理来看，这种金属是在磁力的作用下平静流动的。他们所设计的实际上是最早期的磁泵之一。

他们花了数月的时间致力于这个项目。一家德国电器公司，AEG公司出于对爱因斯坦名望的崇拜，请求允许他们公司来制造一台爱因斯坦和齐拉特设计的冰箱，同时聘用齐拉特作为自己公司的顾问。

然而，他们设计的冰箱样机的噪音很大，以致无法推广应用，最终夭折于AEG公司。爱因斯坦和齐拉特并没有灰心，他们继续试验。到1931年，总共提出了29项专利申请，其中大部分是关于冷冻技术和磁泵方面的。

但20世纪30年代的政治动荡和第二次世界大战的爆发，使他们的试验工作无法继续下去。爱因斯坦同许多科学家一起流亡美国，齐拉特也在英国致力于帮助匈牙利难民的工作。直到1938年，他们才先后会聚于美国。然而，此时物理学的研究重心已转移到核能问题的探索上。为此，齐拉特曾同爱因斯坦一起向美国总统罗斯福写信，请求利用核裂变原理制造原子弹。

1942 年，费米和他的试验小组在芝加哥建立了世界上第一个核反应堆，齐拉特在这里工作了一段时间。在反应堆的核心之处，有极大量的热生成，而这些热量却毫无用处，齐拉特当时就在研究怎样处理这大量的热能。突然，他又回忆起了在德国 AEG 公司里的那台噪音极大的冰箱来，那可是一个十分理想的热泵。齐拉特对其进行改造，配以更为先进的马达，便消除了噪音，机器能够安全、静静地运行了。

这真是失之于东隅，得之于桑榆。齐拉特移花接木式的发明终于使自己和爱因斯坦的智慧、汗水放射出了光辉。

生命换来的记录

卡尔·施密特博士是美国动物学家，他一生热爱自己的事业，最后竟以身殉职。他在临死前，艰难地写下了一份死亡记录，详尽地记述了自己被毒蛇咬伤直至生命最后一瞬的经过。

那天，施密特已下班，本应回家享受一下轻松的时光。同伴们相继离开了实验室，施密特却留下了，他要继续观察一条南美洲毒蛇的生活习性。

几个小时很快过去了，施密特忘记了吃晚饭，仍然埋头做观察记录。突然，毒蛇回过头来向他袭击，咬破了他的手指。他急忙把毒蛇放回笼子里，赶紧处理伤口，往外挤血。可是已无济于事了，毒液迅速在体内发作。他感到头昏、恶心，有些身不由己的感觉。他一把抓住电话，想向医院求救，可偏偏电话又坏了。他明白，此时一旦躯体活动，血液循环会加快，死亡的速度也会加快，只有保持不动，才能延长一会生命。他决定留下来，没有走向医院。

时间一分一秒地过去了，施密特的头脑此时十分清醒。他知道今天是凶多吉少了，于是干脆坐下来开始记录自己临死前的感觉和症状。他克服着毒液的阵阵袭击，在本子上写着："体温很快上升到 39.5 ℃，燥热、耳鸣、眼皮疼痛……接着，口腔、鼻子、伤口开始出血，视觉模糊，看不见体温表了，情况很严重……现在疼痛感消失，全身软弱无力，感到大脑开始充血了……"

第二天清晨，当同伴们踏进实验室，抱起施密特安详的身体，看到这份用生命换来的记录时，泪水潸然而下，心情久久无法平静。

富勒和三角形

美国著名发明家阿·伯克明斯塔·富勒幼年时视力不好，既远视又内斜视（斗鸡眼）。他记得在他还在幼儿园时，一次老师给每个孩子几根牙签和几粒豌豆，让孩子们玩搭建筑物的游戏。那些眼睛健康的孩子经常看到房子和谷仓，所以他们都构筑了长方形的结构，并借助豌豆，使它们得以站立起来。而富勒由于视力不好，平时所看到的多是胖乎乎的人，看不到屋子和谷仓之类建筑的形象，所以他只能依靠其他感官来完成这一构筑课业。于是，他把自己面前的几根牙签颠过来倒过去，来回摆弄着。最后，他发现三角形可以不借助于别的东西而构成稳定的结构。老师叫其他同学都来看他的构筑物。他说："我记得当时我对他们所表现出来的惊奇同时感到惊讶。"

许多年后，富勒的"三角形是天然的最稳固的形状"的发现被应用于测地（短距）半圆中（建筑测量工具），而且成了他著名的商标。建立在蒙特利尔的、作为第67届世界博览会美国馆的巨大的圆顶建筑成了富勒的传世杰作。这个由成千上万个六角形支柱构成的巨大的"气泡"，跨度250英尺，高度相当于一幢20层大楼，其间没有一根柱子着地，令人叹为观止。

富勒视力不好，使他没能获得矩形的概念。但是，正是由于这一个天赋条件上的短处，逼使他寻找发挥自己能力的别的途径，于是成为他以后事业立命之本的三角形被他发现了。此事看来很偶然，其实蕴涵着必然性。为什么同一个事物，对于他能引发灵感，而对别人却不能引发灵感呢？这是因为：灵感的萌发是主观心灵与客观事物的相互作用协振共鸣的结果。协振与共鸣的产生是以同步同频为条件的，这里就包括"性"和"量"两个要求，不同的研究对象有着不同的素质特性。因此，作为研究者就必须有类似的素质特性，这样才能有条件与对象产生协振与共鸣。人由于天赋条件不同（这包括神经构成、生理特点、遗传素质等），对不同的专业有不同的适应性。这就需要我们在研究客观世界的同时，也要认真研究自己，以找准一个同自己素质相适应的领域，全力以赴发挥自己的长处。

自己动手学科学

ZIJI DONGSHOU XUEKEXUE

小曹冲称大象

曹冲的父亲曹操是个大官，有人送给他一头大象，他很想知道这头大象有多重，就叫他手下的官员想办法把大象称一称。

这可是一件难事。大象是陆地上最大的动物。怎么称呢？那时候没有那么大的秤，人也没有那么大的力气把大象抬起来。官员们都围着大象发愁，谁也想不出称象的办法。

正在这个时候，跑出来一个小孩子，站到大人的面前说："我有办法，我有办法！"官员们一看，原来是曹操的小儿子曹冲，他们嘴里不说，心里在想：哼！大人都想不出办法来，一个五岁的小孩子，会有什么办法！

可是千万别瞧不起小孩子，这小小的曹冲就是有办法。他想的办法，就连大人一时也想不出来。他父亲就说："你有办法，快说出来让大家听听。"

曹冲说："我称给你们看，你们就明白了。"

他叫人牵了大象，跟着他到河边去。他的父亲，还有那些官员们都想看看他到底怎么个称法，就一起跟着来到河边。河边正好有只空着的大船，曹冲说："把大象牵到船上去。"

大象上了船，船就往下沉了一些。曹冲说："齐水面在船帮上画一道记号。"记号画好了以后，曹冲又叫人把大象牵上岸来。这时候大船空了，就往上浮起一些来。

大家看着，一会儿把大象牵上船，一会儿又把大象牵下船，心里想："这孩子在玩什么把戏呀？"

接下来曹冲叫人挑了石块，装到大船上去，挑了一担又一担，大船又慢慢地往下沉了。

“行了，行了!”曹冲看见船帮上的记号齐了水面，就叫人把石块又一担一担地挑下船来。这时候，大家明白了：石头装上船和大象装上船，那船下沉到同一记号上，可见，石头和大象是同样的重量；再把这些石块称一称，把所有的石块的重量加起来，得到的总和不就是大象的重量了吗?

大家都说，这办法看起来简单，可要不是曹冲做给大家看，大人还真想不出来呢！曹冲真聪明啊！

白居易写的没错

当代英国著名科技史专家李约瑟曾这样评价说：沈括是“中国整部科学史中最卓越的人物”。他积一生之心血写出的《梦溪笔谈》，包罗万象，独有创见，被称做“中国科学史上的里程碑”。

沈括，字存中，1033年出生在杭州钱塘。沈家世代为官，沈括从小就跟随在外做官的父亲沈周四处奔波，饱览了华夏大好河山和风俗民情，视野和见识都比一般同龄孩子开阔得多，兴趣爱好也广泛得多。日月星辰、山川树木、花草鱼虫……没有他不喜欢琢磨的。

有一次，小沈括给母亲许氏背诵白居易的一首诗。背到“人间四月芳菲尽，山寺桃花始盛开”一句时，突然半日沉默不语。许氏出身士大夫家庭，性情温柔、知书达理，对于儿子凡事总好刨根问底的脾性，早已十分熟悉。她见儿子又犯了“犟”劲，只是笑了笑，递给他一件外衣，嘱咐道：“别背了，今儿天气这么好，邀几个小伙伴到城外山上转转去吧。山上风大天凉，把这件衣服带上。”

当时，正是4月暮春天气，庭院中的桃花纷纷谢落，已是“绿肥红瘦”。然而当小沈括和孩子们爬上城郊的山峰时，那漫山遍野的桃花却开得正艳，好似一片红霞。沈括抚着一朵桃花，呆呆地嘟哝着：“人间四月芳菲尽，山寺桃花始盛开……”猛地一阵山风吹过，他不由得打了个寒噤，脑子里蓦然闪出母亲的话：山上风大天凉……“噢!”小沈括一下子明白了：温度不同，植物生长的情况也不同。白居易写的没错儿!

沈括的童年时代和少年时代，就是在这样一个充满书香气息的温馨环境中度过的。然而，人生并不总是一帆风顺的，人也不能一世停留在宁静的港湾，尤其是对于那些“天将降大任”的天才，命运似乎更为坎坷。就在沈括刚满18岁的时候，父亲去世了，家计顿时艰难起来。沈括不得不外出谋生，到海州沐阳县（今江苏沐阳）当了主簿。从那时起，政务便占据了这位天才科学家一生的大部分时间。但是，无论仕途多么险峻、宦海如何浮沉、公务怎样繁忙，他得志也罢，失意也罢，都从未放弃过科学研究。凭着超凡的意志、敏锐的观察力和过人的精力，他不停地攀登，终于达到了一个光辉的顶点。

富尔顿发明轮船

富尔顿，这位发明轮船的发明家诞生在美国宾夕法尼亚州的一个美丽的小镇卡斯特。

有一天，10 岁的富尔顿和几个小朋友划着一只小船去游玩。他们玩得正高兴时，汹涌的波涛滚滚而来。几个小朋友发现情况不好，马上调转船头，使劲往岸边划船。可是，在大风浪面前，用力划船实在太慢了，情况越来越危险，风暴越逼越近，他们使出全身力气，好不容易才把船划到岸边。船刚靠岸，狂风巨浪就怒吼着追了过来，望着这险情，小伙伴们都吓得面如土色，这实在太危险了。

回到家以后，富尔顿的心久久不能平静。晚上，富尔顿躺在床上，划船的危险情景一次又一次地浮现在眼前。他想："白天简直是在跟风浪赛跑。用木桨划船，用竿子撑船，又慢又费力，能不能想个办法，让船跑得又快又省力呢?"

这是一个风平浪静的下午，富尔顿又来到了海边。他爬上小船，坐在船舷上，手托着下巴，细细地想着有关划船的事。他想着想着，那双伸进水里的双脚就不知不觉地来回踢打，小船也不知不觉地离开岸边，驶到了海中。当富尔顿从遐想中清醒过来时，小船已驶得很远了。他这时突发奇想："要是做几个像脚底板那样的木片，装在小船的两边，转动起来的话，不就能使船走得又快又省力了吗?"

上了岸，富尔顿开始动手制作桨轮。不久，他果然做成了一对带了许多片桨片的轮子。他把桨轮安装在船的两侧，远远看去就像给船装上了 2 个大风车轮盘。装上桨轮的小船下水之后，果然跑得很快。但是，那时的桨轮是靠人力摇动转轴驱动的，不停地摇转轴，人显得很累，坚持不了太长的时间。

富尔顿决心进一步改造轮船，去寻找一种强大、持久的动力，把它应用在轮船上。这一年，22 岁的富尔顿来到了英国的伦敦。在那里，他和大发明家瓦特结成了好朋友。那时，瓦特在蒸汽机的改进发明上已取得了很大的成果。他热情地向富尔顿讲述了自己怎样把蒸汽机应用到机器的推动上去。富尔顿想："既然蒸汽机能推动机器的转动，那么把它装在船上，带动桨轮转动，不就成了机器船了吗？"

他绘制着草图，研究船体的长宽比例和桨轮大小的关系以及种种实际应用蒸汽机可能带来的种种问题。为此，他还进行了用蒸汽机推动轮船模型的实验。

整整9年过去了。终于，一艘8马力的蒸汽轮船终于在法国的塞纳河下水了，并且试航成功。不幸的是，当晚的狂风把新建造的轮船打沉了。

但是，这突然的打击并没有动摇富尔顿的信心。他从法国返回纽约，继续进行试验，希望制造出性能更好的轮船来。

1807年8月9日，42岁的富尔顿的心情跟年轻时同样的激动。这一天，他精心设计制造的24马力蒸汽轮船"克莱蒙特"号在纽约的哈得逊河上出现了！从纽约到阿尔巴尼城，"克莱蒙特"号迎着和煦的微风，以每小时8千米的速度行驶着。机器轰隆隆地响着，桨轮像风车一样地飞转。"克莱蒙特"号连续试航了8天，获得了成功。富尔顿的童年理想终于实现了！

矢志不移的邵尔斯

邵尔斯在美国一家烟厂里工作，跟打字机没有一点关系，但由于一连串的奇遇和巧合，使他成了这项专利的持有人。首先，他有一位在一家公司当秘书的妻子。由于妻子工作忙，经常将做不完的工作带回家，连夜赶写材料，非常辛苦。邵尔斯怕爱妻累坏了，只好帮助她抄写，有时写到深夜，两人往往都写得手酸臂疼。于是，邵尔斯开始有了发明写字机器的想法。

最初，邵尔斯打听到一位老技工叫白吉纳，他曾与自己的一位朋友研究过写字机器，于是邵尔斯去找白吉纳。

白吉纳很喜欢邵尔斯的认真劲，将他同那位已去世的朋友断断续续研究了十几年没有成功的写字机体模型送给了邵尔斯，并告诫邵尔斯，研究写字机器是异常困难的事情。邵尔斯决心已定，他把这些写字机雏形的机件当宝贝似的搬回家，便开始了艰苦的研究工作。

打字机的字臂，照现在的结构而言，似乎是理所当然的形式，可是当时在设计时，却使邵尔斯伤透脑筋。因为一开始他被那种盖印章既简单而实用的传统概念方式禁锢住了：他认为字键与字印之间不宜距离太远，最好是字键在上、字印在下，一按就可以有字出来，就像一般人盖印一样，既简单，而又能缩小机器的体型。可是，研究到最后，他觉得这一构想根本无法实现。

因为字键在上，字印在下的设计结构，字臂不能太长，否则，就像树根一样盘在下面，既复杂又不实用。可是字臂太短，又不能运用自如。因此，他的创造陷入了停滞阶段。

有一天深夜，邵尔斯工作得累了，到院子里去散步，回到屋里再想重新工作时，一抬头，看到他太太弯着背写字的侧影。就在这一瞥之下，邵尔斯内心深处激起了一阵轻微的颤动：灯下那个美丽的影子，是多么感人的一幅画面！他觉得坐在那里的不再是他太太，而是他苦思冥想的打字机模型。如果把他太太的头当做字键，弯曲的臂当做字臂，这种结构不是很理想的设计吗？邵尔斯不禁跳了起来，喊道："姬蒂，我成功了！"

正在聚精会神抄写东西的姬蒂听到这一声喊，吓了一大跳，睁着充满惊恐的大眼睛，以为丈夫为搞发明而神经错乱了。

邵尔斯急急地过去抱住太太，充满歉意地说："对不起，亲爱的，我不知道自己会失态，你赐予了我灵感，亲爱的。"邵尔斯太太流下了开心的眼泪。

邵尔斯矢志不移，绝不半途而废。他根据新产生的灵感，又改进了写字机的构造。经过 4 年的努力，终于在 1867 年冬天发明出世界上第一台打字机。

好奇的爱迪生

爱迪生是美国发明家、企业家。他一生只上过 3 个月的小学，他的学问是靠母亲的教导和自修得来的。他一生中发明了白炽灯、电报机、留声机、电影机等 1000 多项物品，被誉为"发明大王"。

爱迪生在小的时候就是个出了名的好奇的孩子。那时，他的身体瘦弱，很文静，话很少，但爱动脑筋，好问为什么，对身边发生的一切事都充满好奇心。春天，他常常一个人坐在村庄的路口，看大榆树怎样一天天冒出绿芽；秋天，他去山间观察枫叶怎样一天天变红。他对太阳东升西落、天上能浮动白云、夜间繁星时隐时现都感到惊奇，他甚至几个小时一动也不动地思索问题。

爱迪生五岁那年，爸爸要带他上街，可屋里屋外找遍了也不见他的身影。最后，竟发现他在鸡窝半蹲半坐着呢！

"爱迪生，你在这儿干什么呢？"爸爸奇怪地问。

"爸爸，我在孵小鸡呀！"爱迪生认真地回答。

爸爸又好气又好笑地拉他起来，说："傻孩子，你是孵不出小鸡的，快和我上街去吧！"

爱迪生立刻皱起眉头，不解地问："我昨天明明看见母鸡卧在鸡蛋上孵出了小鸡，为什么我就不行呢？"

他什么都想知道，什么都想亲自试一试。

还有一次，他竟捅了野蜂窝。他发现花园的篱笆上有一个野蜂窝，这是什么东西呢，这些洞里能有什么奥秘？他小心翼翼地凑到跟前往里看，似乎是空的。他决心彻底搞清这里面的奥秘，于是抄起一根木棍就往里捅。这下可糟啦！嗡的一声，一群野蜂从窝里飞出，径直向他扑了过来。顷刻，爱迪生的头上、脸上被野蜂蜇得到处是包，肿得跟面包一样。他痛得大叫起来，丢下棍子就往家跑。

爱迪生就是这样一个好奇的孩子！

火车上的实验室

小爱迪生非常勤奋好学，尤其对化学实验感兴趣。家里的地窖成了他的实验室。自从到火车上卖报后，在家动手实验的机会就大大减少了。在火车上，除了卖报，还有一些空余时间。他不愿意让时光白白流逝，就向老车长请求借用行李车上的一个角落来继续实验。老车长是个脾气暴躁的人，但他看到这个少年求知欲望强烈，态度又十分恳切，就点头同意了。

爱迪生高兴极了，带来了许多化学药品和器具。于是，世界上第一个火车实验室在行李车厢诞生了。一天，列车在高低不平的铁路上飞快地奔驰着，震得车厢左右摇晃。角落里实验正在进行。突然吧的一声，一瓶白磷被震翻在地上。白磷这种化学物质有两个"怪脾气"，一是容易氧化，它一遇到空气就和空气中的氧化合，并且马上发热，使温度不断升高；二是着火点低，就是不用太高的温度就可以着火。因此当这瓶白磷洒到地上后，顿时燃起火来，车厢内立刻烟火弥漫。爱迪生赶紧脱下外衣，边用力扑打，边喊人救火。

老车长和其他人闻讯赶来，顾不上追查火因，手忙脚乱地灭火。经过一场奋战，火被扑灭了，但也造成了一定损失。老车长望着满脸乌黑的爱迪生，火冒三丈，大骂了他一顿，并狠狠地打了他几个耳光。

爱迪生再也不能在火车上做心爱的实验了。随着他学识的不断增长，兴趣转移到电学方面了。每天晚上，他都和邻居的伙伴用自制的简单收发报机练发报，简直到了废寝忘食的地步。

一天早晨，爱迪生在一个小车站卖报，忽然听到一声刺耳的火车鸣叫声，他抬头一看，一个三四岁的小男孩蹲在铁轨旁玩石子，火车呼啸而来。爱迪生扔下手中报纸，奋不顾身地冲下站台。当他惊魂未定地拖出小男孩时，火车飞驰而过。男孩的爸爸麦肯基是这个站的站长，也是一位优秀的报务员。他望着爱迪生的脸和手上的伤，感激得话都说不出来了。爱迪生笑了笑，捡好散落的报纸，拍拍身上的灰土，便上车走了。第二天，当爱迪生乘坐的火车进站时，麦肯基站长早已在站台等候了。他拉着爱迪生的手诚恳地说："我没什么可以酬谢你的。听说你对电报有兴趣，如果你愿意，我可以教你收发电报的技术。"

这意外的惊喜，使爱迪生跳了起来。他接受了站长的好意，抽空学习了收发电报的技术。

爱迪生天资聪明，学习又专心，进步很快。仅 3 个月的时间，他收发电报的技术已经非常熟练，麦肯基站长十分喜欢他，推荐他接任了这个火车站的报务员工作。

这次的"天赐良机"，使爱迪生的超人智慧得到了迅速施展，为他以后进行的各项伟大发明奠定了良好的基础。

电唱机的故事

电气专家戈弗雷·纽博尔德·豪斯菲尔德，一生发明诸多。他领导研制了英国第一台晶体管电子计算机，并研究出一台能识别印刷字体的计算机。最突出的是，他发明了电子计算机化的 X 射线断层扫描仪，并因此获得 1979 年的诺贝尔生理学及医学奖。

在英国诺丁汉郡的一座乡村宿舍，豪斯菲尔德先生家正在举行周末舞会。一双有着蓝炯炯眼睛的小男孩悄无声息地闪出大厅。在大厅的一角，牧师弗兰克身后不远处，一台漆黑、铮亮的电唱机正在高速旋转。

窗外成片的苹果树林散发的花香缕缕不绝地溢入室内，牧师品味着香甜的红葡萄酒，沉醉在动人的乐曲声中……

不久，从苹果树林滤过的一阵春风化雨般悠扬的乐曲声轻飘飘地荡入室内，牧师的眼睛突然睁开了，他竖起耳朵。这支曲子显然和大厅里的曲子极不相同，似乎很熟悉但听不真切。"奇怪，这附近只有本区教堂有一台电唱机，这声音会是什么东西发出来的呢？"

一曲终了，得换唱片了。这时，牧师听到了一种极清晰、极美妙的乐曲声单独完整地飘进来。“这不是《蓝色多瑙河》吗?”牧师腾地站起身来，快步走出屋子。

月亮刚刚升起，挂在山顶上，好像一位明亮、有力的守护神，透过白蜡树叶子凝视着大地。轻柔婉和的音乐飞扬在苹果树林、白蜡树林中。牧师在大厅一侧找到了一间小屋，屋里一个少年正低着头，操弄着一堆简陋的机器：一只灰暗的简易小木箱，一台笨重、破旧的老式发动机，还有一把旧手电筒、竹片之类零星的东西，简直是个杂货铺了。可是一张粉红色的唱片正躺在那简陋机器上转动呢！那少年一双蓝色的眼睛正闪着稚气、热情的光芒。“这不是豪斯菲尔德先生的儿子戈弗雷吗?”

牧师朝前跨了一步，少年抬起头，惶恐起来。

“牧……师……先……生，我……我不是故意的，我很抱歉，我……我只是想把您那张唱片拿来试试我的电唱机。”

“这么说，这只灰木箱子里的东西就是你的电唱机?”

“是的，先生！我试做了一年多呢！先生，您的唱片我还给您吧。”

“哦，好！你能给我讲讲你这里的宝贝，再谈唱片吗?”

“当然可以，先生。”少年马上点点头，转身从一个木箱里拿起一只破旧的小电筒，“您看，这把电筒是用一块电解铜电解后得到电源的。这里有两节竹筒和一些薄膜，只要用一根导线连起来，运用波的振动原理，就可以做一只简易话筒，无论线多长，都可以听到对方的回声。再看，这艘小轮船模型，它可以在水里跑10分钟呢！最重要的是这台电唱机，它是我最满意的一件制作品。自从我在书上看到介绍这东西的文章后，我就开始试验了。先生，您看它，终于能唱歌了。”

“上帝呀，这是多么聪敏好学的孩子啊！”牧师情不自禁地喃喃称道。他严肃的面孔慢慢舒缓开来。

“我还想当一名发明家呢！牧师先生。”孩子使劲眨巴了两下眼睛，“因为我喜欢干这些。”

“亲爱的孩子，让上帝保佑你吧。你会成为一个天才的发明家的。这张唱片，就送给你吧。”

“谢谢您，先生！”

多年后，正如牧师所断言，这孩子成了一名杰出的发明家。由于发明CT扫描仪，他荣获了1979年诺贝尔生理学及医学奖。

小兰斯伯格的追求

大名鼎鼎的美国兰斯伯格公司在20世纪20年代仅是一个厨房用具商店，店主老兰斯伯格由于经营方式的落后，生意并不景气。然而他那个长于思考、勇于进取的儿子小兰斯伯格，却使老兰斯伯格的公司得到了发展。

正当1931年经济大萧条年代，高中毕业的小兰斯伯格就业于父亲的店铺。他的工作是给甜饼罐喷漆，从每天晚上7点干到第二天早上7点，而用空气喷枪喷漆浪费油漆严重，于是他决心寻找节约的方法。

小兰斯伯格潜心实验了几年喷漆方式，但毫无结果。他感到了自己学识上的欠缺，于是就请哥哥爱德华给自己介绍一位有学识和技术的朋友。哥哥给他找了一位助手叫格林，格林向他提出试试用静电沉积法喷漆。这个建议使他茅塞顿开，他想起了中学物理课上静电吸物的实验，也想起不久前参观的西屋电器工厂，该厂用高压电场使雾状粒子电离化，然后沉积在金属表面上。

小兰斯伯格纠缠父亲，终于使他同意资助100美元搞静电喷漆实验。他和格林用35美元经费买了一台破旧的X光机，拆出了高压源，还买了很多奇怪的铁器具、瓷器皿。为了省时、省钱，他们在实验的小屋里不生火，连星期天也在实验的小屋里折腾。经过1937—1938年的整个冬天，他们终于发现用尽可能低的气压和10万伏的电压，在距工件25～50厘米的距离开动喷枪，可以一次喷漆完毕，这种工艺比当时的普通方法节约1/3的油漆。但这一技术却无人敢用，人们听到喷漆室要充上10万伏的电压，就头皮发麻，谁能保证这会不会出事故呢？

在第二次世界大战的1942年，小兰斯伯格同一个军火商有了业务往来，这个人打算用静电技术清除子弹夹上漆后形成的残留物。兰斯伯格卖给他24支静电去除装置和一些喷枪，用以给子弹夹和火箭弹以及其他军用品喷漆。兰斯伯格因此赚了一笔钱和得到了一些战时稀缺的铜。此时，兰斯伯格矢志不移，又建立起了他的高压静电装置，使他的静电喷漆研究继续下去。

机遇总是垂青追求他的人，这项研究的一次偶然结果，使兰斯伯格的静电喷漆技术发明具有了实际应用的价值，为他的技术进入市场赚取高额利润产生了重大作用。

一天他的工程师斯塔克用普通油漆刷涂一张高压线柜时，高压源偶然打开了，当油刷移到离柜子几厘米的时候，发现雾状的油漆正从刷子上飞快地被吸向柜子！工程师大吃一惊，他马上叫来兰斯伯格兄弟，让他们也来观看这一奇特现象。他们马上意识到这一偶然发现可以改进涂漆方式，不用手握喷枪冒着触电的危险围着工件操作，只要用静电使油漆雾化就行了。

根据这一设想，他们改进了喷漆工艺，制造出了全自动静电涂装系统。这一技术发明为兰斯伯格公司从 1951 年开始到 1981 年就赚取了 20 多亿美元。

立志走化学之路

美国化学家罗伯特·伯恩斯·伍德沃德，人称“有机化学的宗师”。他曾成功地合成金鸡纳碱、羊毛甾醇；测定了金霉素和土霉素结构，奠定了四环素抗生素合成基础；尤其是发现了多肽缩合剂，提出二茂铁的夹心式结构，受到化学界的推崇。

追溯罗伯特与化学的不解之缘，还要感谢他童年的伙伴迈克。罗伯特小的时候机敏过人，聪明活泼。一次与父亲去迈克家时，趁两位父亲谈得火热，两个小鬼便偷偷地溜进迈克父亲的实验室。

室内无数的瓶子、罐子、铁架台、导管、酒精灯……形状各异；几张大柜子里整齐摆放的许多瓶子里的各种颜色的、各种状态的、各种气味的东西，使小罗伯特大开眼界，倍感新鲜。迈克将一只烧杯中装满清水，然后启开一个玻璃瓶对罗伯特说：“我给你变个魔术，这是我父亲做实验时我学会的。”

只见他把一种液体倒进水中，谁知因用力过猛，水花四溅，迈克的手上落上了水花，疼得他哇哇大叫。罗伯特被眼前突发的一切吓坏了，只见他抓起迈克的手按进一桶清水中。迈克又大哭了一阵后，平息下来。

客厅中的药剂师——迈克的父亲约翰听到儿子的哭声，立即冲向实验室，当他见到一瓶硫酸底已朝天，烧杯中的水在冒泡，儿子的手背烧出一个黑点时，他抱住罗伯特感激地说：“是你救了迈克的手。”

当罗伯特得知这种能变“魔术”的液体叫做硫酸时，心中充满了惊奇，并暗暗下了决心：走化学之路，长大后当一名化学家。

小罗伯特快过 7 岁生日了，父母准备在家中为他举办生日宴会。灯火辉煌的大厅中，大家欢声笑语，可“小寿星”却一转身就不见了。父母和仆人们找遍了各个角落，总算找到了他。只见他的脸上沾了好几种颜料色，新衣服被揉得皱巴巴的，手捏着几片绿叶，手指间还沾着汁液，一副狼狈相。宴会后，父亲问罗伯特喜欢什么样的生日礼物，他却说：“爸爸，请给我买一只大烧瓶吧！”

看着他满脸期待，父亲虽疑惑不解，但还是满足了他的要求。罗伯特为什么要这样的礼物呢？原来，自从在迈克家看到了硫酸的“功能”后，他就决心自己办个实验室。怕大人反对，罗伯特就悄悄地把废弃已久的地下室收拾干净，然后四处收罗瓶瓶罐罐，洗净后装上清水。他把红墨水和一些白色粉末等摆放在桌子上，然后把粉末倒进清水中，双手用力晃动瓶子，又将红墨水慢慢滴进瓶中。奇异的现象出现了：红色慢慢扩散，但浮在上面不再向下渗透。两种颜色不像绘画时，能合成新颜色，而是互不混合。他用小木棍搅拌，仍不奏效。面对这不可思议的现象，他陷入了沉思。

在迈克的帮助下，罗伯特的小实验室初具规模了。紧接着各种实验也不断进行，于是，小罗伯特经常“失踪”。父亲决定查明真相，他偷偷跟踪儿子，总算发现了“秘密”。他不但没有责怪罗伯特，反而拍着他的小脑袋说：“你怎么不早说呢？”

以后，每逢罗伯特过生日，父亲送给他的礼物都是瓶罐、化学药品等。

勇于实践的米利肯

罗伯特·米利肯是美国著名的物理学家。他对20世纪的物理学，特别是对电荷的测量、爱因斯坦光电效应方程有效性的证实，以及对宇宙射线的实验研究作出了杰出的贡献。

米利肯从小就是个爱沉思的孩子。一天，他同伙伴们在河上划船。这时，一位伐木工人路过河边时，飞速跳上漂在河中的小木排，把一条刚跃出水面的鱼轻巧地捉住了。这一切在瞬间发生，米利肯在船上看呆了。

伐木工为什么能一下子跳上流动着的木排还那样平稳？而我们坐在船上还感到晃荡不稳呢？这可能是他经常这么跳，我也来试试，米利肯想得出了神。

从此，米利肯像着了魔似的。只要父亲把自家用来游玩的船一靠岸，他就看准机会在船台和船头之间的空隙中跳来跳去。父亲问他，他也不回答，一个劲儿练习。

有一次，他觉得自己有把握了，还没等船停稳，纵身往前一跃，哪曾想船绳没系牢，船被蹬得后退了。只听扑通一声，小米利肯一下子掉到了河里。

“米利肯，米利肯！”父亲急得乱叫，随后也跳下河去，好一阵子才把不会水的米利肯救上岸来。

望着米利肯大口地往外吐水，父亲又气又心痛地说："看你还胡不胡来?!"

"我只不过想学那个伐木工。"米利肯委屈地嘟哝着。

在小米利肯8岁时，有个名叫贝尔的大科学家发明了电话。一天父母带米利肯和其他孩子去费城游玩。费城令米利肯大开眼界，许多新鲜的东西令他目不暇接。此时，正值贝尔电话公司在费城举办大型展览会。米利肯目不转睛地看着：两人相隔很远，通过一根电话线和两只话筒就能听到对方说话，还能与对方对话。他心中打定主意，回去后，自己也要发明一台电话。

从费城一回到家，米利肯就迫不及待地开始自己的发明了。他仿照贝尔电话的样子先做了两个纸筒，又在纸筒的一端贴上一张薄纸片。然后找来一根长长的纱线，把两个纸筒连起来。"成功了！"小米利肯又兴奋又激动，找来小伙伴打电话。

只听他在这边大声问："喂，我是电话发明家米利肯，你是谁？听到我的声音了吗？"

对方站在离他近百米处，扯着嗓子回答："我是汤姆，听见你说话了！"

爸爸听到喊声以为出了什么事，过来看到一片狼藉，纸片、浆糊、线头扔了一地，无可奈何地摇了摇头。

而此时此刻，米利肯正手握着自己发明的电话与小伙伴们喊得来劲得很呢。正是这种肯于学习、不断实践的精神，使他成为闻名于世的物理学家。

研究陀螺的孩子

恩里科·弗米设计和研制了第一颗原子弹。他是在罗马度过孩提时代的，罗马的古老文化使他常常沉浸在梦幻般的奇妙世界里。小费米从不轻易放过一个弄不懂的问题，他的钻劲儿远近闻名。

一次，他与伙伴玩陀螺游戏，突然发现了一个非常有趣的现象：当陀螺飞快转动时，它的轴是竖直向上的；当陀螺慢悠悠旋转时，它的轴竟然变歪了，与地面形成一个明显的夹角，使得陀螺的顶部描出一个圆来。

小费米激动不已，他决心要弄清其中的奥秘。他问了周围的朋友，但没有人能说清楚。于是他一头扎到书中寻找答案。他把所学的书翻了很多遍，又去图书馆寻找答案，最后还是在高年级课本中读到了两条可以解"陀螺之谜"的物理定律。弄懂了这个令他废寝忘食的问题后，小费米才心情愉快地又去玩了。

费米的好学上进的精神感动了邻居阿米迪教授，他决心培养这个聪明的孩子。一次，他半开玩笑地对费米说："我出几道难题给你做做，好吗?"老教授出的题明显高出了费米年龄的水平，他自忖费米能答出一部分就不错了。谁知一会儿工夫，费米就全部答出来了。从此以后，他经常缠着老教授出难题"过过瘾"，奇迹也不断出现。

从此，老教授把自己的有关物理与数学的书按合理的顺序一本本地让费米学习。费米的钻劲儿如鱼得水，不断攻克物理和数学的难题，为他成为物理学家奠定了坚实的基础。

在观察中得真知

瓦特是英国发明家。他从小爱好机械制造，曾当过学徒和修理工。1763年，他开始研究蒸汽机，对原始蒸汽机做了重大的改进、发明，提高了蒸汽机效率和工作可靠性，使蒸汽机成为工业上可用的发动机，并得到广泛应用。他被当选为英国皇家学会会员。

瓦特小时候体弱多病，家住在英国英格兰的格林诺克村。因家中很穷，所以他没有进学校，而是在家里跟着妈妈学识字与算术题。表面上看，小瓦特老爱提问题，说起什么事从头到尾唠唠叨叨，好像什么也弄不明白；实际上，他具有超常的观察力，爱思考问题，头脑清楚，所以他常常可以从观察中得真知。

有一次，妈妈把瓦特送到舅舅家住几天。到了新的环境中，瓦特兴奋极了。一切都很新奇，他去参观村口的大磨坊，还看了舅舅家的牛栏，从早到晚东摸摸、西看看，一刻也不停。晚饭后，他向大家讲述自己白天的所见所闻。他把牛吃青草的动作描述得有声有色，特别有趣。之后，又讲起大磨坊中的大叶轮是怎样在河水中带动磨盘的，每一步都有条有理，每个细节都十分详细、准确。

夜深了，表兄妹们都还在津津有味地听着瓦特滔滔不绝地讲述。家中的牛栏和村中的磨坊是他们从小到大司空见惯的，怎么一到瓦特的嘴里竟那么新鲜诱人，其中还有不少是闻所未闻的科学道理。大家把瓦特围在中间，竖起耳朵静静地听着，唯恐落下一句话。如果不是舅妈再三来催，他们恐怕会陪瓦特到天亮呢!

几天后，妈妈来接瓦特。舅妈对妈妈说："请快点把瓦特带回去吧，我可受不了了。"妈妈吃了一惊，以为儿子惹祸了。"瓦特并没有惹祸，只是这孩子太爱讲话了，弄得全家都不能按时入睡。"妈妈这才出了一口气，赶紧向舅妈道歉。

又有一次，瓦特和爸爸妈妈一起去祖母家做客。见到儿子一家人，祖母高兴极了，连忙烧水沏茶。瓦特坐在炉子边听着大人讲话。水渐渐热了，随着沸腾的水花，壶盖被水蒸气掀得啪啪啪直响，不停地向上跳动。瓦特的好奇心上来了，他目不转睛地盯着壶盖，忘记了喝水，忘记了和大人交谈，只是静静地坐在炉子旁边。

瓦特琢磨了好一会儿，想不出这其中是什么道理，就打断了大人的谈话，问："奶奶，水开了为什么壶盖会跳动呢？"

祖母看了一眼呆坐了半天的瓦特，有点生气地说："水开了壶盖就向上跳，这还不明白！"

可瓦特却提出了更出奇的问题："为什么水开了壶盖会向上跳？是什么东西推动它呢？"

祖母答不上来了，只好说："那谁知道呢？你这呆孩子，别傻了，快出去玩玩吧！"

直到回家，壶盖向上跳动的情景还在小瓦特的脑中直转。他决心探求出这其中的奥秘。于是，一连几天，他都坐在自己家炉子边仔细观察。每当水快开时，他就打开壶盖，只见水中一串串气泡直往上翻腾，然后变成蒸汽冒出水面，冲出壶口。他又盖上壶盖，蒸汽冒不出来了，憋在里面要往外冲，这时壶盖就被掀得直往上跳。

"噢，我明白了！我明白了！"小瓦特手舞足蹈，又跳又蹦，把进门的妈妈吓了一跳。

他把蒸汽致使壶盖向上跳的发现告诉了妈妈，妈妈夸他是个了不起的好孩子。接着，他又在想，水壶里的蒸汽能推动壶盖，说明了蒸汽有一定向上的力量；要是用很大的锅来烧水，产生的蒸汽量大，不就可以推动更重的东西了吗？在妈妈的鼓励和支持下，从 15 岁起瓦特便开始学习机械制造技术，为实现自己的理想奠定了基础。经过多次试验，瓦特终于发明了先进的新式蒸汽机。

自制风车的牛顿

伊萨克·牛顿是英国物理学家。在伽利略等先人工作的基础上，他建立了成为经典力学基础的牛顿运动定律，并发现了万有引力定律。他在光学方面致力于色的现象和光的本性的研究，并出版了著作《光学》。他在热学、天文学方面也有许多研究成果。他的《自然哲学的数学原理》一书流传于世，影响极大。

牛顿小的时候胆子小，读书时成绩也不太好，在老师和同学的眼中是个劣等生。

一个星期天的早上，小牛顿双手捧着自制的小水车兴冲冲地跑向村外，村里的孩子们也跟着他向村边小河跑去。只见他把水车架在河水里，随着水流，水车轱辘轱辘地转动了起来。

“太好了！水车转动了！”小伙伴们拍着手叫了起来。

听着赞美牛顿的语言不断增多，一个平时瞧不起牛顿的“好学生”心中不服。他思考了一下便发难了：“喂，我说，你的水车为什么水一冲就转了呢？”

这一问使小牛顿涨红了脸，一时不知如何回答。

“不懂道理就瞎干，你真是个笨木匠！”旁边的小朋友也跟着起哄。

这时，有一个野蛮的孩子冲着牛顿嚷：“你为什么不吱声，你什么也不懂！”说着，向牛顿的后背狠狠击了一拳。

“你想干什么！”这个平素从不出声的胆小鬼，这次终于忍受不住侮辱，双手紧握拳头，向那野蛮的孩子打去。这个场面使在场的孩子都惊呆了。没想到牛顿竟会反抗，大家都悄悄地走了。

牛顿望着一个个远去的身影，心里充满了自信心。从此以后，他整个人发生了巨变：对学习产生了兴趣与信心，各门功课的成绩变成了优秀。

牛顿制造“彩虹”

年轻的牛顿已对几门科学有了不少的建树。说起用三棱镜研究阳光颜色时，他把这称为伟大的神圣时刻。

那是他大学毕业的第二年。平时，他不喜欢别人进自己的房间，尤其是在他学习或进行研究的时候。一连多日，牛顿把自己关在房间里，门窗都封得严严的，谁也不知道他又在琢磨些什么。甚至每次吃饭，都是安娜小妹催了又催，他才肯下楼。

这一天使全家人大感意外。妈妈刚把饭准备好，小妹还没去喊他，牛顿就哼着曲子从楼上跑下来，眼光中闪着无比兴奋之情。他没有直奔饭桌，而是优雅地做了一个姿势，邀请大家去他的房间开开眼界。

好奇的弟弟妹妹赶紧往楼上跑，连妈妈也赶紧擦擦手跟了上来。一进屋，牛顿关上了房门，顷刻间一片黑暗，大家默不作声地等着奇迹出现。

这时，牛顿让他们看墙上的一个光点。大家连忙凑到近前瞧了又瞧，一个小窗孔透进一线光，在墙上照出个圆圆的白色光点，没什么特殊之处。在大家的失望中，牛顿悄悄地从桌上取来一块准备好的三角形玻璃把光线一挡，刹那间奇迹展现了：光点消失了，在它的旁边突然映出一条鲜艳瑰丽的彩色光带！

"太美妙了，这与雨后彩虹差不多！"小妹安娜激动地喊了起来。是的，这条彩色光带由红、橙、黄、绿、蓝、靛、紫 7 种颜色组成，在黑暗的屋子里闪闪发光。这一发现，被法国数学家、力学家、天文学家拉格朗日称为最足以显示"人类理想的崇高伟大"的神圣时刻。

爱动脑筋的报童

法拉第是英国物理学家和化学家。1791 年 9 月，法拉第出身在英国伦敦附近纽温特的一个普通铁匠家。从小当过装订工，自学成才。1813 年起他在戴维研究室做实验助手，后成为英国皇家学院实验室主任、教授，并当选为皇家学会会员。他在物理学方面，主要是发现电磁感应现象和自感应现象等；化学方面主要发现了两种新的氯化碳。

父亲经常闹病，全家靠慈善机构的救济金勉强度日。为维持家中生活，13 岁的法拉第被介绍到伦敦一家书店里当报童，负责给租报的人家送报取报。

一个夏天的早上，瘦小的法拉第身穿打着补丁的衣服，肩挎一袋报纸，嘴里边啃着一小块面包，边哼着歌儿去送报。自从进了书店，法拉第心情愉快极了。他没进过学校大门，但十分渴望读书。他珍惜自己的工作，做事勤快，脾气好，又善于动脑，书店老板很赏识他。于是，他有了更多的读书机会，懂得了不少知识，书店成了他的启蒙学校。

法拉第在一家门口停下，从挎包里取出一份报纸，之后敲了几下大门。在等候开门的那短短的时间中，法拉第做了他平生第一次"科学实验"。门内有棵郁郁葱葱的大树，树根在墙内，树枝和茂盛的叶子伸到墙外。于是一个有趣的问题立刻浮现在法拉第的脑海中："怎样能准确认定事物的位置呢？大树是这样生长的，如果我将头伸进栏杆内，而身体仍在栏杆外，那么我该算在栏杆的哪一边呢？"

法拉第聚精会神地在考虑问题，大门突然开了。他尚未从"栏杆哪一边"中解脱出来，躲闪不及，脑袋被大门狠狠撞了一下。此时，他头脑是清醒了，可是起了一个大青包。面对这个如痴未醒的孩子，看着他头上的包，开门人歉意地笑了。旁边的过路人听他讲了经过，都伸出手指夸他是个爱动脑筋的小报童。

“小野马驹”查里斯

英国物理学家查里斯·威尔逊，创制了现代物理学上的“威尔逊云雾室”，对电学发展作出了重大贡献。他从小聪慧过人，经常突发奇想，被父母称为“小野马驹”。

一次，小查里斯上完钢琴课后，忽然想：这架大钢琴是怎样发出这么美妙的声音呢？他认真搜寻着钢琴的每一个部位，怎么也找不到答案。为了彻底查明原因，他拿着小榔头，七手八脚地把琴键一个一个地拆下来，但还是没有收获，这才罢休。望着好端端的钢琴被拆坏了，父亲无可奈何地叹着气。

几天后，父亲带他去听音乐会。梦幻般的旋律把父亲带进了音乐王国，当他侧身向儿子介绍乐曲时，发现人不见了。“这匹‘野马驹’跑到哪儿去了？”

父亲赶紧走向出口，可没有看到小查里斯的影子。后来在舞台后面找到了他。小查里斯正在那津津有味地看着转动的灯光呢！见到爸爸，他劈头就问：“您看这灯光为什么有的是红的，有的是绿的？”

“那是因为里面充满了不同的气体的缘故。”父亲只好接着问话回答。

“充的什么气体呀？”

“傻孩子，快同我回座位上去。等你长大就知道了！”

小查里斯回到座位上，仍是左顾右盼，头脑里还在想着自己的发现呢！后来，查理斯经过努力学习，终于成为了伟大的科学家，自己解开了脑海里的一个个问号。

特殊的圣诞礼物

约翰·范恩是英国著名的生理医学家。他因发现了前列腺素，并发表了药理学论文，为医学研究事业作出了突出的贡献，1982年获诺贝尔生理学及医学奖。

圣诞节快到了，别人家的孩子都在吵着、闹着、争着要圣诞礼物，可12岁的小约翰一声不吭，只在家里摆弄那些瓶瓶罐罐。他也盼望得到一份礼物，但盼望的是一份特殊的礼物。

圣诞节越来越临近，小约翰的父亲范恩一直没有提起圣诞礼物的事。圣诞节的前一天，小约翰实在捺不住性子了，他拉扯着爸爸的衣袖，调皮地问："爸爸，您给我买的圣诞礼物呢？"

他父亲没有马上回答，而是慈祥地看着儿子，指指桌子上的瓶瓶罐罐，反问道："乖孩子，你这是干什么呀？"

小约翰狡黠地笑了："好玩呗！"

老范恩想了想，对小约翰耸了耸肩，两手一摊，说："孩子，放心吧！爸爸会给你礼物的。"

小约翰兴奋地眨了眨眼，冲着爸爸笑着说："爸爸，那我可等着啦！"

老范恩虽然爽快地答应了儿子的要求，但心里犯嘀咕：我的小约翰在搞什么名堂？一有时间就摆弄那些瓶瓶罐罐，不是这个瓶子里的水倒进那个瓶子里，就是那瓶子里的水倒进这个瓶子里，还掺合些颜料粉，摇呀摇的，脸上含几分欣喜，瞧他那劲头还蛮有兴致呢！老范恩思忖着，踱进卧房，自言自语道："我该送什么样的礼物给我的孩子呢？"

老范恩慢步走到窗前，眼睛一亮，他看到了窗边的书架，"对，也许它可以帮我的忙。"老范恩走到书架旁，随手抽出了一本书，"嗯，可不可以送他一本书呢？"老范恩寻思着，顺眼看到《居里夫人故事集》一书，接着，他翻了翻书页，一行文字跃入了他的眼帘："经过长期的艰辛的实验操作，居里夫人终于露出了幸福的微笑——镭，诞生了！""实验操作？"老范恩看着看着，似乎突然明白了什么，情不自禁地叫了起来，"噢，对了！我的小约翰是不是也想搞这些玩意儿？"老范恩越想越高兴，拍了拍自己的脑袋瓜："嗨，我的乖乖！有了，爸爸这就给你准备礼物去。"

小约翰听爸爸说会有礼物给他，捺着性子等啊等，可是爸爸总在家里忙乎着。圣诞树、圣诞糖果虽然早就准备好了，然而却还没听到爸爸对他说："这，就是给你的圣诞礼物！"小约翰差点要埋怨爸爸不守诺言了。圣诞的钟声终于敲响了，客厅里顿时灯火辉煌，美极了。小约翰的爸爸妈妈身着节日的盛装，他们一人捧着一个很精巧的木盒子，庄重地放在客厅里。

小约翰见了，愣住了："这是些什么东西啊？"这时，爸爸妈妈微笑着向他走来，老范恩神秘地对他说："孩子，你不是等着我们给你圣诞礼物吗？这就是给你的特殊的礼物。"说着，便把两个木盒子递给发愣的小约翰。小约翰好奇地接过盒子，急忙地打开一看："啊，一套化学实验仪器！"他不禁叫了起来，圆圆的眼珠闪闪发亮。他高兴极了。他爸爸走上前来，亲昵地吻了吻他的前额，郑重地问他："满意吗，孩子？"小约翰高声答道："这正是我需要的，真是棒极了！"

第二年，小约翰过生日时，他的爸爸又给他送了一份特殊的礼物——一座特制的小工棚实验室。小工棚内配备了工作台、煤气和自来水管等一整套的实验用品。那天，小约翰见了，高兴极了。他跑到爸爸面前，撒娇地搂着爸爸的脖子吻了又吻，说："爸爸，您真伟大！"

于是，这个小工棚就成了小约翰的第一个实验室。在他爸爸的启发诱导下，小约翰渐渐与科学结下了不解之缘。

干"傻事"的孩子

美籍奥地利物理学家维克托·弗朗西斯·赫斯主要从事放射线的研究，因发现宇宙射线并以此作为探索原子的新手段，于 1936 年获诺贝尔物理学奖。

维克托·弗朗西斯·赫斯自幼活泼好动、好奇心强，遇事总喜欢刨根问底，有一股子钻劲。他的家乡在奥地利德斯坦区一个风景秀丽的地方，每当清晨或傍晚，父亲牵着小维克托在林荫小道上悠闲地散步时，小维克托总是好奇地问道："爸爸，为什么鸟儿也会像人一样唱歌呢？"

他父亲微微一笑，还没等他回答，儿子的问题就已经像连珠炮一样袭来："树叶为什么是绿的？天上的云又为什么像羊毛那样白？鸟能飞，为什么人就不能飞？"这一连串的问题可把他的爸爸难住了，他摸着小维克托的头，爱怜地说："小家伙，快长大吧，大自然还有好多谜等着你去解开呢！"

小维克托天真地说："要是我能像小鸟一样在天上飞，那多有意思啊！"他的这种好奇心，加上他那五彩缤纷的想象力，常常使他干些"傻事"。

有一次，小维克托随他爸爸去看跳伞比赛。蓝蓝的天幕飘浮着淡淡的白云，好一个神仙出没的地方！跳伞开始了……小维克托完全看呆了：天哪，人真的飞起来了！身着鲜艳跳伞服的运动员配上五颜六色的降落伞，乍看起来真像天使下凡。他被深深地吸引住了，学小鸟飞的愿望更加强烈。

"一定要飞上天去！"小维克托决心要试一试。他学着鸟的样儿，把两个大纸壳绑在自己的手臂上，给自己安上了"翅膀"。可是他无论怎么使劲扇动"翅膀"，那双脚就是不动，像打了桩似的，没有一丁点儿要离地飞起的感觉。

"看来得另外想法子。"他想。

有一次，他玩气球，一不留神，气球脱了手，摇头晃脑地升上天去，好像在扬扬得意地与他说“再见”呢！小维克托眼睛一亮：“要是拿着好多好多的气球，那不是能把人带上天吗?”他被自己的发现而激动，连忙买来一大把气球。他又想起那些跳伞运动员是先从飞机上往下跳，再在空中飘的。噢，对了，应当站在高处往下跳。于是他站在屋外台阶上，猛吸一口气，“一、二、三，跳!”“吧”的一下，小维克托还没明白怎么回事，就已经重重地摔了个屁股墩，疼得他直咧嘴，撒手的气球早飞上天了。

又失败了，小维克托没有丧气，要起飞的念头像线团一样仍紧紧地缠住了他的心。他做梦也想在天上飞翔。

有一天，下雨了，人们撑着各式各样的伞走在路上。小维克托坐在大门口，双手支起下巴望着雨帘中的行人发呆，望着望着，小维克托的眼前竟晃动着一个个蘑菇状的降落伞。瞧，一个红色降落伞飘走了，又一个花降落伞飘来了……

“哈!”小维克托猛拍巴掌，一下窜起老高，“我有降落伞啦，我有了漂亮的降落伞啦!”他拿起爸爸的大雨伞，砰的一声撑开，把它旋得像车轱辘一般，“爸爸，爸爸，我能飞啦!”他父亲看着宝贝儿子的天真模样，打趣地说：“儿子，瞧把你美的，我看你怎么飞!”他以为儿子因为高兴是闹着玩的，他哪里知道儿子是动真格的。

好不容易盼到天晴。这真是一个伟大的日子，小维克托就要用他的“降落伞”来进行试飞了。“这回我要爬得高高的，就像从飞机上跳下来一样。”他寻思着，干脆爬上栏杆，站稳脚，撑开伞，他神气地扫了一眼罩住他瘦小身子的大“降落伞”。挺胸、收腹，握紧伞把，“各就各位，预备——跳!”张开的伞面被空气托起，载着小维克托，晃悠悠地向下坠，还真有那么一点降落伞的架势。小维克托闭起双眼，沉浸在飘飘欲仙的感觉中，他终于实现了要飞的欲望。

凭着小时候养成的这股韧劲和不成功决不罢休的倔劲，维克托·弗朗西斯·赫斯长大后在科学王国里辛勤钻研。他几次独自一人乘气球到高空观察空气的电离状况，并发现了宇宙射线，为此而获得了诺贝尔物理学奖。直到晚年，他都保持着一颗好奇的童心，他很想到别的星球上去看个究竟。他曾对自己的学生说：“我想我还不算老，也许还有可能到月球上去欢喜一番。”他常激励别人：“现代的人，应该有这么一个志向，出生在地球上，老死在别的星球上。”他童年的梦从来不曾破灭过。

好奇的帕斯卡

帕斯卡是法国人，16 岁时就发表了水平很高的数学论文，22 岁时研制出世界上第一台机械计算机，24 岁时完成了著名的真空实验。他是个闻名世界的科学家和发明家。

少年时代的帕斯卡聪明好学，而且有着强烈的好奇心，对于头脑中出现的种种“为什么”总喜欢刨根问底，无论什么问题，非要弄个水落石出才肯罢休。

有一次，帕斯卡在厨房外玩，忽然听到厨房里传来叮叮当当的声音。他觉得这声音非常好听，就循声走进了厨房。原来，那是厨师用刀叉敲打盘子发出的声音。

人类无不例外地生活在一个充满各种声音的环境中，对于这种每一个人在日常生活中都能碰到的普通现象，许多人是不会去注意的，更不会去深究其中的道理。但帕斯卡却充满了好奇心，马上在脑子里连连打了好几个问号：这声音是敲打盘子发出的吗？为什么刀叉不敲盘子以后，声音并没有立即消失呢？为什么敲打盘子和敲打桌子所发出的声音不一样呢？为什么……

有了满脑子问号的帕斯卡决定亲自来敲打盘子，通过实验来揭开声音的奥秘。几次实验之后，他发现：盘子被敲打以后，声音不断。但是，只要用手按住盘子边，声音就立刻停止了。他立即明白了：声音是从被敲打的盘子上发出来的，发声的关键不是刀叉的敲打而是盘子在振动。就这样，11 岁的帕斯卡发现了声学的振动原理。

昆虫学家法布尔

法布尔是法国昆虫学家，自幼对自然界充满好奇。学有所成之后，他专门从事生物学和昆虫行为研究。他阐述了遗传本领作为昆虫的行为形式的重要性，写过许多科普读物，并从茜草中分离出染料——茜素。

法布尔出身贫寒，7 岁时进村内一所极其简陋的学校读小学。学校里只有一位教师，身兼数职，还要自食其力维持生活，根本没有多少精力研究教学。在这样的学校里读书，小法布尔感到索然无味，只对一些小动物感兴趣。

时光如梭，随着年龄的增长，法布尔的学习收获微乎其微。虽然乘法表勉强能背诵下来，但课本上的字母却老是辨认不请，甚至连第一页上的简单字母还弄不明白。为此，父母心急如焚。一天，父亲外出回来买了一张动物挂图。图上画着26只动物，每只动物下面都标明它的名称。这是一张有趣的识字母图：每张动物图的左上角都写上这只动物的第一个字母，挂图右下方还用这些字母依次排列成字母表。小法布尔对这张图爱不释手，每天津津有味地盯着图看个没完，嘴里还不断地朗读父母教的字母和动物名称。

奇迹出现了，不到3天，小法布尔不仅认识了挂图上的26只动物，而且连它们的名称和第一个字母也都熟悉了。一个星期后，课本上难以读懂的字竟也全部不费力地学会了。看到法布尔学习进步了，老师高兴地奖给他一本拉·封丹写的寓言集。这本书中几乎都是讲小动物的故事，这激发了法布尔的学习兴趣和对动物、昆虫的热爱。正是对自然界的兴趣，才把法布尔渐渐引入了科学殿堂。

法布尔为研究昆虫世界的各项题目，用尽了毕生精力，受到世人称颂。我国文学大师鲁迅称他是在科学上“肯下死功夫”的人。他的钻研劲头几乎到了痴呆的地步。有一次，他在村头发现了一块石头上的昆虫与众不同，于是，先是蹲着看，之后趴下看，最后随着昆虫活动的不同竟然躺在地上观察。早上，几个村妇去葡萄园工作，见他睁大眼睛在望一块石头，太阳快落山了，她们回村时还见他在原地呆呆地瞪着眼睛。她们不由得惊呼起来：“天哪！这是怎么了？我们真该为他祷告了！”她们怎么也不理解，为观察石头上昆虫的习性，法布尔跟中了邪一样。

还有一次，他正在路上行走，突然眼睛一亮，不顾同伴的劝阻，就趴在潮湿的地上。原来，一群蚂蚁正在齐心协力地搬运几只死苍蝇。为了观察和研究蚂蚁的生活习性，他用放大镜专心致志地一口气工作了4个多小时，连手脚麻木了都不知道。

他用了3年的时间观察雄槲蚕蛾如何向雌蛾求偶。当他着手写观察成果时，“新娘”不幸被一只螳螂吃掉了。法布尔难过极了，3年的心血毁于一旦。

但他没有泄气，重整旗鼓，又用了3年的时间，终于获得了完整准确的观察资料。

法布尔锲而不舍地努力奋斗，掌握了对400多种昆虫的猎食、营巢、生育、抚幼、搏斗等现象的第一手资料。他写出了巨著《昆虫记》，共10卷，揭示了昆虫世界的种种规律。

质问大科学家

伊伦·约里奥·居里是法国物理学家居里夫妇的大女儿。她与丈夫在合作研究了核裂变现象以后，发现了人工放射物质，并第一次产生了人造同位素。伊伦对原子核物理学有重要贡献。

小伊伦天性好动，精力充沛，对学习有一种“打破沙锅问到底”的精神。一天放学回来，伊伦从妈妈实验台上取了一只缸子，又到金鱼缸内弄了一条鱼。妈妈看她往盛水的缸内放金鱼，再拿出来，又放进去，很纳闷。一问才知道，伊伦对课上老师讲的问题产生了怀疑，正在亲自实验找答案呢。

原来，白天课堂上，大物理学家朗之万给学生们提了个问题：“我这里有一条金鱼，还有一满缸水，我现在把鱼放进水里，你们说会怎么样呢?”

“水被鱼挤出了一些。”学生们回答。

“好，我把挤出的水接在另一只缸内发现水的体积比金鱼体积小。你们想想，这是为什么?”

学生们七嘴八舌地议论起来。小伊伦认真思考着：“浮力定律明明说，物体浸入水中排开水的体积与物体体积相等，今天的问题是怎么回事呢?”

于是，她一到家便开始验证是定律有误还是科学家错了。妈妈得知这一切后，只是说：“你好好想想吧。”

经过反复思忖，第二天一上课，伊伦便勇敢地第一个站起来，质问朗之万伯伯，为什么向学生提出错误问题？大科学家非但没有生气，反而高兴地说：“我就是要告诉你们，科学家说的也不一定对，只能相信事实。”

和鸡比赛潜水

杰出的生物学家科内尔·海门斯小时候就非常好动，常常把家里的一些东西拆了又装，装了又拆；做任何事情都有股倔劲，除非不干，一干就得弄个水落石出。小科内尔的家离北海不远。假期里，他总是和爸爸妈妈一块去那儿划船、游泳。海风清新恬静，简直吹进了人心里。上面是蓝蓝的天空，下面是蓝蓝的海水，远处是悠悠的白云。这一切多美妙啊！小科内尔又突发奇想，发问了：“爸爸，人为什么不能像鱼一样生活在海里呢？要是能那样该多有意思呀!”

这下可把老海门斯问乐了。老海门斯是在血液循环和呼吸系统的兴奋药研究上成绩卓著的学者。他看到儿子对呼吸方面的事也感兴趣，在儿子身上看到了希望。他说："因为人潜在水里，呼吸不到氧气，人不可能在水里待得太久。但是在潜水之前越是多做深呼吸，在水下待的时间就越长。因为做深呼吸后，血液中的二氧化碳减少，氧气增多。这里面的学问多得很呢，里面还有很多未知数。"

小科内尔似懂非懂地点了点头。还有很多未知数呢！于是小科内尔又开始在心里编织起了许多灿烂而奇丽的梦。他要做一个像他爸爸一样的科学家。

从此，小科内尔就迷上了潜水。夏天一到，他就约一帮小伙伴在爸爸任教的大学的游泳池里进行潜水比赛，看谁在水下待得最久。由于小科内尔年龄最小，所以他总不能胜过他们。小科内尔不服气了，他索性一个人到游泳池里玩耍，一玩就是老半天，手上还常常戴着块计时表呢！这下可把老海门斯夫妇急坏了，总是担心他一个人会出事，可硬的软的办法都使尽了，还是不能制止他潜水。

小科内尔一个人潜水也觉得挺孤单的，没劲儿。于是，他想：何不找个忠实的伙伴呢？再说，人不能长久地待在水下，鸡、鸭、猫、狗大概行吧。小科内尔便趁家里人不注意，把家里的一只鸡逮住。他用绳子缚着鸡腿，悄悄地塞进书包里，一溜烟似的跑进游泳池里。

小科内尔做好准备工作，手拿着鸡，做深呼吸，再做深呼吸，够了，够了。接着蹲进浅水区。1 秒、2 秒……86 秒，啊，快憋死了。小科内尔实在忍不住了，冒出水面，成了"落汤鸡"，有气无力。鸡也成了落汤鸡，可鸡扑腾扑腾地乱挣扎，还挺精神呢！

"天哪，我连鸡都比不过，我还能当爸爸一样的科学家吗？"小科内尔可气坏了。

这时，小科内尔又抱着鸡潜进水里了。可又只待了 80 秒，而鸡还在扑腾扑腾地抖擞着翅膀，好像在嘲笑小科内尔："想和我比试，没门，逗风景去吧！"

小科内尔急得要命，惩罚似的把鸡按在水里，看到水面直冒着泡，心里得意地想："我看你还能待多久！"经过三番五次如此的折腾，鸡再也打不起精神了。小科内尔可高兴呢，心里充满了喜悦。

把鸡淹成个半死状后，小科内尔和鸡比试起来了。92 秒……97 秒……110 秒。好，再来一次，125 秒……146 秒……天空渐渐地暗了下来，北海的风又一阵一阵地吹了过来，黄昏的景致把小科内尔涂了一脸暮色。鸡到底是鸡，经不住小科内尔一天的折腾。当小科内尔再次准备潜入水里时，才发现手上的鸡不知什么时候已经断气了。小科内尔可慌了，鸡死了，回家怎么向妈妈说呢？

回到家后，小科内尔如实地向爸爸妈妈交代了一切，妈妈一个劲地数落他。老海门斯出来打圆场："算了，孩子还小，不懂事；其实也好，晚餐有鸡肉吃了。"

后来，小科内尔不仅成了伙伴里的潜水王，而且凭着他坚韧不拔的求学精神，实现了他的抱负，成了比利时当代杰出的生物学家。

奇特的"变星"

距地球100万亿千米，有一颗学名叫"大陵五"的恒星。关于这颗恒星，在古希腊神话里，有过这样一个传说：美杜莎是个魔法无边的女妖，虽然她长得美丽异常，那一头长发却是一条条毒蛇变成的。美杜莎还有一种妖术：谁要是从正面看见她，谁就会立刻变成一块石头。为了为民除害，一个英雄想出了一条妙计，他以盾牌为镜，从盾牌中看准了女妖的头，一刀砍了下去……女妖被砍死了，她的头变成了一颗星星。从此，人们把这颗星称为"魔星"。

许多年过去了，人们或许已把这颗星星淡忘了。到了1782年，这颗星星的另一个秘密却被英格兰的聋哑青年发现了。这位聋哑青年名叫约翰·古德里克。古德里克从小就喜欢在晴朗的夜晚静静地观望星空。对于那一望无际的天宇，他充满了好奇心。他常常凭肉眼数着天上的星星，辨认各类星座，注意着星体的变动，探索着宇宙的奥秘。

有一年冬天，古德里克用自制的天文望远镜观察"魔星"，他发现：这颗星有时暗，有时亮，与看到的其他星不一样，亮度有着明显的变化。

他诧异地想："这种亮度的变化是什么原因造成的呢？"他决心揭开这个奥秘。

从此，他几乎着魔了一般，每天晚上盯住"魔星"，坚持对它连续跟踪观察。到了后半夜，室外更冷了，妈妈心疼他，硬逼着他上床睡觉，可是他等妈妈睡着以后，又悄悄爬起来，在严寒中接着观察那颗"魔星"。他整整观测了一个冬天，终于弄清了"魔星"明暗变化的规律。他发现："魔星"由亮渐渐变暗，再由暗变亮的周期是两天零二十一个小时。

"这种亮度变化是什么原因造成的呢？"他的脑海中又闪现了深入探索的强烈愿望。这天晚上，古德里克又守在望远镜旁。只见一片流云渐渐遮住了闪光的星星，过了一会儿，星星又出现在望远镜里，虽然，这是观测天象时常见的事，而这次却意外地使他受到新的启发："是什么流动的东西挡住了它，使它变得忽明忽暗了呢？如果是流云，那么不会有规律地出现，只要我发现这种现象是有周期的，那一定会找出除流云以外的真正原因！"

这时，他又联想到日食：耀眼的阳光，由于受到月亮的遮挡，变暗淡了；等月亮移开时，太阳又重放光芒。

经过反复的观察、思索、联想，古德里克做出了以下的推断："魔星"身边一定有一颗比较暗的行星围绕它旋转，当这颗行星转到地球的"视线"范围之内的时候，地球上的人们看上去，"魔星"就变暗了；当行星转出地球的"视线"后，"魔星"射出的光线又恢复原来的样子，人们看上去，自然又变亮了。

当时，古德里克只有18岁，做出这个独创性的见解后，他还没来得及进一步去证实它，就离开了人间，年仅22岁。

1888年，也就是古德里克死后的100年，西方天文学家用科学的方法证实了他的设想。"魔星"成了第一颗被发现的"变星"，人类研究"变星"的历史就从此开始了。

教堂吊灯的启示

伽利略是中世纪意大利杰出的物理学家、天文学家，他在科学史上许多伟大的发明和发现，都是他长期刻苦钻研、细心观察的结果。

伽利略幼年时就很爱动脑筋，善于留心观察事物。在学校里，伽利略勤奋刻苦，他很快学会了拉丁文、希腊文、哲学，就连图画和音乐，他也学得很好。父亲看到这种情况，就放弃了要他做布商的念头，将他送进比萨大学。

在大学里，伽利略非但勤学，而且仍然保持善于观察事物的好习惯，别人司空见惯、习以为常的现象，他却要问一个为什么，并能从中领悟出新奇的东西。

有一天晚上，他静坐在比萨教堂里，看到悬挂在教堂中央上空的吊灯，被教堂一边敞开的窗子吹进的风刮得左右摇摆。他赶紧把窗关上，心想，这样，灯马上就不会动了，可是灯仍然有规律地摇摆着。这时，他突然感觉到："这灯在摇动时的距离虽然不相等，但是它所需要的时间或许是相等的。"于是他马上按着自己的脉搏，口中默默数着数儿，经过多次验证，得知灯左右摇摆一次所需要的时间是相等的。后来，伽利略把这种摇摆特性称为"摇摆的等时性”定律。

这个灯在教堂里不知摇摆了多少年，而看见的人也不知有几千几万，谁也没有发现什么秘密。然而，伽利略却能因此开发思路。他利用他发现的定律，造了一个适当长度的摆锤，用来测量脉搏的速度和均一性。后来，他又制造了钟表，发明了天文钟。在他双目失明、遭受教会迫害幽禁，已经是风烛残年的最后日子里，还在利用他50年前发现的定律，研究利用摆锤测量时间。

达尔文“尝”甲虫

达尔文是英国博物学家，著名的进化论的奠基人。他先后在爱丁堡大学和剑桥大学攻读医学和神学，但他一心向往自然科学。1831～1836年，他以博物学家的身份乘坐“贝格号”海军勘探船做历时5年的环球旅行，对动植物和地质等进行了大量的观察、采集。1859年，他出版了《物种起源》一书，提出了生物进化的观点。

达尔文从小具有喜爱大自然的天性。虽然父亲望子成龙，几次送他学医、学神学，但他都感到“索然无味”。他喜爱打猎，当他第一次猎中一只鹬鸟时，激动无比，双手发抖。他还喜欢养狗、捉老鼠、抓小鸡、摆弄瓶瓶罐罐。他上了剑桥大学基督学院学习神学后，经父亲再三叮嘱，学习比较努力，成绩也达到了优良。但他“本性难移”，爱上了这里的甲虫。虽然，这只是出于搜集的热情，但他倾注了满腔心血，感到了无比快乐。他不忍心把小小的甲虫解剖，他主要是为了分清这些小小虫类的异同点，弄清它们的名字，不达目的决不罢手。

有一天，达尔文课后到院子里去欣赏各种树木、花草，他忘情地徜徉在绿色植物中，心情格外舒畅。只见他在一棵根深叶茂的大树下站住了，盯着一处出神。接着，他伸手轻轻地剥下了一些老树皮，迅速地用双手上前捉住了两只甲虫。这可是以前从未见过的小虫啊！还没等仔细辨认，突然又瞧见了第三只更眼生的甲虫。他深恐这只小虫跑走，毫不犹豫地把右手中的甲虫放进口中，想去捉第三只。

“哎哟！”他一面大叫着，一面向外吐着。原来放在嘴里的甲虫因为突然改变了环境，本能地排出一种极为辛辣的液体，强烈地刺激了达尔文的舌头。他吐出了这只甲虫，又接连吐了好几口唾液。待他清醒过来时，吐出的甲虫飞了，第三只甲虫也被他惊跑了。

回到宿舍，同伴见他一脸懊丧，手中还握着一只甲虫，便问他遇到什么事了，他摇摇头苦笑着说："我尝到了甲虫的滋味。"

成名后，达尔文依然保持着谦虚的态度。有一次，他到乡下去拜访一位朋友，小山村里人人都知道了这件事，大家抱着各种好奇的心争先来拜访他。达尔文总是谦虚而友好地接待他们。

两个农家的孩子别出心裁，想与这位大科学家开个玩笑。商量了一阵后，他们来到野外。他们捉了一只蝴蝶、一只蚱蜢、一只甲虫和一只蜈蚣，然后，取下了蜈蚣的躯干、折下蝴蝶的翅膀，扭断蚱蜢的腿和甲虫的头，再小心翼翼地把它们黏合在一起，"创造"出一只"怪虫子"。他们拿着一只小盒来敲达尔文的房门。

"达尔文先生，我们在野地里捉到了这只从没见过的虫子。您是生物学家，能告诉我们它的名字吗？"孩子们说。

达尔文望了望盒中不动的"虫子"，心中立刻明白了孩子们的来意。他不动声色地笑了笑，对他们说："很好，你们在捉虫子时，是否注意到了它在嗡嗡地叫呢？"

"是的，它在嗡嗡叫。"孩子们彼此的肘轻轻碰了一下，抢着回答。

"那么，孩子们，它的名字叫嗡嗡虫，对不对？"达尔文友好地说。

望着达尔文那和蔼可亲的样子，孩子们的脸红了。他们不好意思再打扰科学家的工作，捧着盒子告别了。

追索阳光的秘密

丹麦医学家奈尔斯·赖伯格·芬生一生致力于研究阳光对人体健康的影响，先后发表过关于红光治疗天花、关于化学光线在医学中的应用，光线治疗等论文专著，找到了治疗天花、狼疮病的方法，并开创了日光浴治疗疾病的先河。

奈尔斯从小个子矮、性格内向。上小学时，他常受到一些身体强壮、个子高大的调皮捣蛋学生的取笑与侮辱。奈尔斯慢慢地变孤僻了。他常常一个人活动，到大自然中去寻找自己的小天地。

平时一有空闲时间，他就在树林中追逐松鼠、捕捉蝴蝶、挖小虫子；累了就躺在松软的草地上，听百鸟欢唱，享受阳光暖洋洋地拥抱，还放声唱歌，真是成了另一个人。

到了暑假，他就到海边住上一段时间。他住在渔民家，帮助渔民驾船、拉网、取鱼，真是开心极了。在辽阔无边的海洋中，他看到渔民在风浪中、在阳光下，勤劳勇敢地生活。毒辣辣的太阳光晒在小奈尔斯身上，他的脸晒黑了，胳膊和腿也晒黑了，他感到很舒服，对阳光产生了越来越强烈的感情和兴趣。

为什么太阳晒在身上会这样舒服？太阳光中是不是有特殊的东西？太阳光可能会杀死身上的病菌，不然渔民为什么不爱生病？

一个个暑假过去了，小奈尔斯的身体也在阳光的照射下变得强壮起来。一个个问号，使他开动了脑筋，萌发了研究阳光的理想。最终，他成为用光线治病的神医，保住了成千上万人的生命。

李比希研究炸弹

李比希是德国化学家。他少年时为药剂师当过学徒，大学毕业后曾赴巴黎留学。他发现了异氰酸的异构体雷酸，改进了有机物中碳、氢元素定量分析法，创造了三氯甲烷、三氯乙醛、肌酸等，并与维勒合作提出了“基团论”等。他的重要成就还有把化学应用到农业生产上。

李比希的父亲是德国达姆施塔特城的一名药剂师，家中有 6 个小孩，只靠父亲的微薄收入艰难度日。为了帮助父亲承担养家糊口的责任，李比希从小就经常帮助父亲在药店里忙这忙那。父亲经常在药房里调制各种药物、颜料、油漆，这些神秘的化学品的变化多端，激起了小李比希的无限想象力，使他从小立志要当化学家。

李比希聪明过人，在药店帮忙时，偷偷学会了不少制造化学品的本事。他最喜欢研究的是炸药，还学会了制造雷管。他自制了一些逼真的玩具“炸弹”，卖给当地有钱人家的小孩，挣来的钱好贴补家用。唯恐出事的父亲警告他多次，他只好转入“地下生产”。

有一次，一个同学又向他买玩具“炸弹”。这次他小心翼翼地把“小炸弹”带进学校，谁知上课时不知怎么搞的竟然爆炸了。巨大的轰响震惊了全校，师生们纷纷跑向走廊。虽无伤亡，学校查明情况后，还是把李比希开除了。

一心盼望儿子学有所成的父亲伤心极了，只好送他到外地一家药房当学徒。李比希记住了父亲的教导，以勤奋和能干很快成为店老板的得力助手。老板允许他业余时间在自己住的阁楼上摆弄各种化学药品。于是，他“旧情不忘”，又开始研制炸药了。谁知好景不长，正当他在研制炸药的兴头上时，不小心又发生了爆炸，把老板家的阁楼房顶炸出了一个大洞，他自己被气浪冲到一边摔了跟头，竟没有受伤。闯下了如此大祸，李比希只好卷行李回家了，那年他正好15岁。

正是这种对化学的赤诚热爱，使得李比希成了一名伟大的化学家。

灵感来袭的瞬间

LINGGAN LAI XI DE SHUNJIAN

鲁班发明“铁草”

鲁班不但凭借自己的技艺帮助了很多人，还发明了许多木工工具，如墨斗、刨子、钻子、凿子、铲子等，最有趣的是他发明锯子的过程。

有一次，鲁国的国君要他负责修建一座大宫殿，并且必须按期完成，否则，就要给予严厉的处罚。

接受任务后，鲁班抓紧准备一切用料，其中包括大量的木材。他就召集他的徒弟上山去采伐。当时，采伐木头用的是斧头，砍呀、砍呀，徒弟和工匠们砍了许多天，直累得腰酸背痛，还是没砍下多少棵树。

鲁班的心里非常着急。如果木料供应不上，就不能按期完工。这样，不仅自己要受到处罚，而且也会连累徒弟和工匠们。

“能不能想个什么办法加快伐木的进度呢?”鲁班为此绞尽了脑汁，还是想不出好办法。

这天上午，他又心事重重地到山上去察看。为了抄近路上山，他决定沿着陡坡的羊肠小道上去。山路崎岖，草林茂盛。他用手攀着树枝、杂草，使劲地往上爬。爬着爬着，他脚下一滑，差点儿摔下去。由于太使劲，手被握着的茅草划破了，鲜血从手心流了出来。鲁班伸手一看，只见手上有几道细细的口子。鲁班感到很惊奇，心想：“几根柔软的小草竟也这么厉害，我倒要看个究竟!”于是，他又抓住小草，用力一抽，只见手掌又被划了几道口子。鲁班顾不得痛，也顾不得擦去手上的血，拿起小草左看右看，琢磨着草上有什么名堂。

终于，他发现了茅草的秘密。原来茅草叶子的边缘上，有许许多多排列整齐的小齿儿。正是这些锋利的细齿割破了鲁班满是茧皮的手！

“哈哈！有了！”鲁班心里一亮，心想，“如果仿造茅草的样子，在铁片上打出细齿来，不就能把树弄断了吗？”

鲁班找来了铁匠，让铁匠打了一批带有细齿的铁片。用这种“铁草”去锯树，果然又快又省力气。

活字印刷术的诞生

毕昇是北宋活字印刷术的发明者。他出身贫寒，从小当学徒。过去没有印刷技术，书籍只能靠人抄写。一部书要花好多时间才能抄完，因此书籍显得十分宝贵。

五代时的大官僚冯道，开始用雕刻版印刷发行“五经”。印一页书，必须先把字雕刻在木板上。刻一部书要花费几个月或者一年的时间，如果是一部大书，就需要花几年的时间和大量的人力、物力。

到了北宋时候，雕刻印刷大为盛行。相传杭州西山有位号称“神刀王”的雕刻师傅，技术出众，很负盛名，但他有个怪脾气，从来不肯收徒弟。那时毕昇还是个小孩子，听别人说后，就慕名前往拜师。“神刀王”看他虽然小小年纪，但聪明灵巧，十分讨人欢喜，就破格收下了这名小徒弟。毕昇跟着师傅早起晚睡，勤奋学习雕刻技术，在短短的时间里，他的技艺就有了长足的进步。

几年后的一天，“神刀王”雕刻晋代大书法家王羲之的《兰亭序》，让毕昇在一旁观看揣摩。哪知毕昇不小心碰到了师傅的胳膊，结果最后一行的一个“之”字刻坏了。这样，整块木板就要报废。当时“神刀王”并没有责备他，可毕昇还是难过得饭也吃不下、觉也睡不着，一连好多天都为此事而感到难过。同时他也在想，木板雕刻印刷这么麻烦，能不能改进一下呢？此后，毕昇一有空闲，总是考虑这件事。

一天，师傅让他到街上买菜。他边走边想，经过刻制图章的摊前，看到一个个的图章排得很整齐。他想，如果印刷也能像刻图章一样把所需要的字一个一个地排起来，就不会因为一个字坏了而影响整块雕版了。他想起了在家和小朋友一块捏泥人的游戏，我何不用泥来试试呢？

于是，他一有空就用胶泥做成一个个的方块，在上面刻成反字。晒干后，涂上墨，果然印出了字。他高兴极了！后来，他又向烧瓷的师傅请教，经过烧制后，字模变硬了，而且非常灵便，成了活字。排版时，把活字排在铁框里固定好，就可以像雕版一样印刷了。活字印刷不仅节省了大量的材料、时间，而且大大增加了印刷数量、提高了印刷质量，使书籍得到更广泛的流传。

毕昇的发明，比欧洲早 400 多年。他成了活字印刷的“祖师爷”，对人类文化的发展作出了不可磨灭的贡献。

欧洲的活字印刷术

中国的印刷术传入欧洲，成为推进欧洲历史前进的巨大动力。因为在这以前的欧洲，都是靠人手抄书的。这种情况极大地限制了知识的普及，只有僧侣才能读书和受高等教育，印刷术的传入改变了这种状况。但当时欧洲使用的也是雕版印刷术。15 世纪，欧洲也出现了一位如同中国北宋时期毕昇一样的人物，这个人的名字叫科斯特。

科斯特是荷兰北部哈拉姆城一个小旅店的老板。他是个很善于动脑的人，为人也仁慈，小孩子们都喜欢他。有一次，科斯特带着一群孩子去森林玩，为了讨孩子们喜欢，他在一些小块木头上面刻字，然后从口袋里找出一点纸来，给每个小孩印一张。回来时，他触发了灵感，产生了如同毕昇发明活字版一样的想法。他想：为什么不可以用活字呢？把一面字排好，印刷起来，然后再排一面，这样就可以连续做下去。那些刻字工人想用他们刻出的字版来超过那些抄写经典的僧侣们，但他们要费很多工夫才能刻出一面稿子来，这太费时间了！而且用完以后就不能再用了，只好烧掉。这么慢的速度，每面都要重新刻。要是用能随意移动的字该多好啊！

沿着这个思路，他继续想下去：如果能把每个字用木头分开，刻得平整又清楚，大大小小的成排成列，这是可以办到的。但还可以更简化一点儿，用硬一点的金属熔化后铸成模型。把字母刻在钢头上，然后打在较软金属铸成的模型上，这就可以制成一个活字了。每打一次就是一个模型，每一个钢头就可以打出许多活字模来。这样，科斯特抱着试试看的想法造出了许多活字，他用钢头刻字母，然后铸出活字来，排成一段段文章，合并成一面。就这样，他印出了一页页的书。

科斯特成功了，他印出了欧洲第一部活字印刷的书。这个日期现在已经说得不太准确了，有人说是 1420 年，也有人说是 1428 年，还有人说是 1440 年。不管怎样，活字印刷总算在欧洲出现，并得到了飞速的发展。

关于欧洲活字印刷的发明者，另外一种说法是德国的约翰内斯·古腾堡。传说，欧洲在 15 世纪以前是没有扑克的。15 世纪时，到中国旅行的欧洲人把中国的骨牌游戏带回了欧洲。当时骨牌在欧洲风靡一时，而制造骨牌也成为了一个重要产业。欧洲制的骨牌，最初完全是用手工，雕刻之后，涂上颜色。

后来知道用印刷的方法，先把模样刻在薄金属板上，然后用有颜色的墨水印在纸片上。再以后便用木板代替金属板，工作效率更高了。据说古腾堡有一天晚饭后和他的妻子玩骨牌，他手中摸着骨牌，心里想：这牌我也会做！第二天，他照骨牌的样子刻了块木片，再用墨水印出骨牌来。同时，他把妻子的名字也用同样的方法印出来，这使他的妻子喜出望外。

有了这小小的成功，古腾堡进而刻印较复杂的东西。他又印了些圣像，挂在店门口，惹得行人纷纷争购，这给他带来了意外的收入。他更热心于印刷的研究了，在获得修道院的允许后，他刊印了《贫者的圣书》。

在实践中，他逐渐体会到，在一块木板上刻上字，比起用独立的字模拼版来要困难得多。于是他开始用木头刻字模，然后创造出排列用的字框，活字印刷终于获得了成功。这时是1445年，古腾堡觉得非常高兴。

洗澡时发现的秘密

阿基米得博学多才、智慧过人，他用他的发明创造为自己的祖国作出了许多杰出贡献，备受希伦国王的信任。国王曾训谕他的臣民们说："无论阿基米得讲什么，都要相信他。"

有一次，国王做了一只纯金的冠冕，他怀疑工匠用其他的金属混杂在王冠里，但又找不出确凿的证据和方法来检验。于是，他想到了才智过人的阿基米得，要求他想办法检验一下。阿基米得被难住了，他苦思冥想，但一直想不出办法。这天，他去洗澡。他刚站进澡盆的时候，水就往上升起来，他坐了下去，水就溢到盆外来了；同时，他感觉到身体在水中的重量减轻了许多。他恍然大悟，忙从澡盆里跳出来，高兴得忘乎所以，大声喊着跑出去："我知道了！我知道了！"周围的人莫名其妙，以为他得了神经病，原来他发现了检验国王冠冕的办法。

他找了一个刚好能包容下王冠的水罐，将里面注满水，又向国王要了一块跟给工匠做王冠用的一样重量和大小的纯金。检验开始了，他分别将王冠和纯金放入水罐里。结果发现放王冠时水罐里溢出的水要比放纯金块所溢出的水要多。于是阿基米得据此指出，王冠里一定混杂了比纯金比重小的其他金属。

人人都知道，如果洗澡时钻进澡盆里，澡盆的水必然上升，由于水的浮力，身体的重量也必然减轻。阿基米得察觉出，如果王冠放入水后，所排出的水量没有跟同样大小的纯金所排出的水量一样多，则金匠替国王所制的王冠一定夹杂了其他金属。

阿基米得在这平常的事里发现了十分重要的秘密，这就是有名的浮力原理。根据这个原理，他得出了有名的阿基米得定律：物体沉于液体中，物体减轻之重量，等于所排除液体之重量。

电影诞生的故事

1872年的一天，在美国加利福尼亚州的一个酒店里，斯坦福与科恩发生了激烈的争执：马奔跑时蹄子是否都着地？斯坦福认为奔跑的马在跃起的瞬间，四蹄是腾空的；科恩却认为，马奔跑时始终有一蹄着地。争执的结果是谁也说服不了谁，于是就采取了美国人惯用的方式——打赌来解决。他们请来一位驯马好手来做裁决，然而，这位裁判员也难以断定谁是谁非。这很正常，因为单凭人的眼睛确实难以看清快速奔跑的马蹄是如何运动的。

裁判的好友——英国摄影师麦市里奇知道了这件事后，表示可由他来试一试。他在跑道的一边安置了24架照相机，排成一行，相机镜头都对准跑道。在跑道的另一边，他打了24个木桩，每个木桩上都系上一根细绳，这些细绳横穿于跑道，分别系到对面每架照相机的快门上。

一切准备就绪后，麦市里奇牵来了一匹漂亮的骏马，让它从跑道一端飞奔到另一端。当马跑过这一区域时，依次把24极引线绊断，24架照相机的快门也就依次被拉动而拍下了24张照片。麦市里奇把这些照片按先后顺序剪接起来，每相邻的两张照片动作差别很小，它们组成了一条连贯的照片带。裁判根据这组照片，终于看出马在奔跑时，总有一蹄着地，不会四蹄腾空，从而判定科恩赢了。

按理说，故事到此就应结束了，但这场打赌及其判定的奇特方法却引起了人们很大的兴趣。麦市里奇一次又一次地向人们出示那条录有奔马形象的照片带。一次，有人无意识地快速牵动那条照片带，结果眼前出现了一幕奇异的景象：各张照片中那些静止的马叠成一匹运动的马，它竟然“活”起来了！

生物学家马莱从这里得到启迪，他试图用照片来研究动物的动作形态。当然，首先得解决连续摄影的方法问题，因为麦市里奇的那种摄影方法太麻烦了，不够实用。马莱是个聪明人，经过几年的不懈努力后，终于在1888年制造出一种轻便的“固定底片连续摄影机”，这就是现代摄影机的鼻祖了。从此以后，许多发明家将眼光投向了电影摄影机的研制上。1895 年 12 月 28 日，法国人卢米埃尔兄弟在巴黎的“大咖啡馆”第一次用自己发明的放映摄影兼用机放映了《火车到站》影片，这标志着电影的正式诞生。

当然，19 世纪末电影的诞生从根本上说是科学技术与艺术相结合的综合产物，其诞生和发展是摄影艺术、光学、声学、电学技术逐步提高与完善运用的成果。在电影诞生之前，许多发明家已经为电影的诞生作过艰苦的工作和基础性的贡献。除上面所提到的科学发明家外，还有许多，如摄影术的发明人——法国的达盖尔、尼普斯；美国的大发明家爱迪生等。而斯坦福与科恩的打赌事件如同使这些科学技术结合在一起发生聚变的催化剂，迅速导致了电影综合技术的产生，使电影这门伟大的艺术叩响了 20 世纪的大门。

留声机的问世

爱迪生最大的功绩是发明了电灯，然而在他的发明创造中，最引起当时社会震惊的，莫过于留声机了。在 1877 年秋天，爱迪生发明的留声机轰动了整个纽约，各家报馆的新闻记者像潮水般地涌来报道这一特大新闻。这一发明一经传出，就激起当时社会急速而巨大的狂热，并持续数月之久。铁路特开专车前去参观，许多人开始不相信这个发明，疑心他是先在里面藏了个什么会说话的东西骗人的，有个教堂的主教用最高速度对着收音盘背诵《圣经》中的一串专门名词，当这些名词一字不漏地从机器中重复出来时，人们才相信这东西确实不是虚假的，并且齐声称奇。报纸把留声机称为“19 世纪的奇迹”。

然而，爱迪生这个著名发明的构思，却是幸福的偶然性促成的。一次，爱迪生一人静静地在实验室里研究改进在纸带上打印符号的电报机。这时，电报机内的一种单调的声音吸引了他。在试图排除这种声音时，爱迪生出乎意料地发现，这是纸带在小轴的压力下发出的声音。在改变小轴的压力时，声调的高度也随之变化。这就使他产生了一个念头：借助运动载体上深度不同的沟道来记录和回收声音。

无独有偶，爱迪生在另一次试验电话的时候，发现传话筒里的膜板随话声而震动。他找来一根针，竖立在膜板上，用手轻轻按着上端，然后对膜板讲话。实验证明，声音越高，震动越快；声音低，震动就慢。这个发现，更坚定了他发明留声机的决心。

几天后，爱迪生就画出了草图，并立即和助手干起来。留声机的主要部件是一个金属圆筒，圆筒边上刻有螺旋槽纹，把它按在一根长轴上，长轴一头装着曲柄，摇动曲柄，圆筒就会相应地转动。此外，还有两根金属小管，管的一头装有一块中心有钝头针尖的膜板。经过无数次的改造，世界上第一台留声机诞生了。爱迪生回忆说："我大声说完一句话，机器就回放我的声音。我一生从未这样惊奇过。"

爱迪生在发明留声机之初，就一改再改。10年过后，他又从架子上的尘埃中把留声机取下来，要继续改进它，他仅在留声机上的发明专利权就超过了100项。他是耳聋之人，能发明这样一个发声的机器已是令人惊异了。当我们看到今天的留声机时，不要忘记这上头渗透着爱迪生无数辛勤劳动的心血。实质上，在一个多世纪以来，留声机所掀起的文明和发明的巨浪影响是非常深远的，电唱机、磁带录音机、磁带录像机、激光声像机等相继问世，追溯其源头，不都是来自爱迪生的伟大发明吗？

研究蚊子的罗斯

英国生物学家罗纳德·罗斯因首次在蚊子中分离出着色的疟原虫卵囊，又在患疟疾的鸟类血液中发现类似的着色胞囊，使生物界研究取得重大突破，1902年荣获诺贝尔生物学奖。

罗斯小的时候曾随父母在印度北部木栅山城居住。那时的小罗斯机灵、调皮、满脑子问号，什么事都要问个究竟。

一年夏天，镇上流行着可怕的疾病——疟疾，家家户户大门紧闭，更不敢让孩子上街去玩。小罗斯被关在家里好几天了。他透过窗户，远眺着起伏连绵的山脉、白雪皑皑的山巅，更加坐立不安，非要出去玩不可。

妈妈耐心地劝说着："孩子，再忍耐几天吧，这个镇上流行着疟疾。三天发作一次，得病的人痛苦万分。直到如今，医生们也是束手无策呀！"

听了妈妈的话，罗斯陷入了沉思，疟疾为什么会传染？不与病人接触也会传染上吗？他暗下决心找出原因。

从此，一到夏天，罗斯便背上行装，到疟疾盛行的地方去观察、试验。一次走到一处村头，他倒头摔在了地上。当他醒来时，已躺在农家的竹床上，并被一位慈祥的老人告知他染上了疟疾。当老人为他端来一碗稀饭时，可恶的蚊子从四面八方涌过来，老人边轰赶蚊子边说："我们这里的蚊子太多了。"

这句话提示了正在病中的罗斯，"疟疾是不是由蚊子传播的呢？"罗斯心头一亮。后来，经过多次研究，他终于解开了疟疾与蚊子的关系，造福了人类。

灵感突发的构思

激光是高科技的产物，是20世纪伟大的发明，然而有关激光的理论构想和实际发明，都得益于科学家突发而至的灵感。

著名物理学家查尔斯·汤斯是激光理论的最初构想者。他因从事激光理论的基础研究而获得了诺贝尔奖。他谈到有关激光的最初构想时说："激光的想法是在1951年春天的某一个早晨，在美国首都华盛顿一个小公园的椅子上诞生的。当时我正坐在一个名叫'富兰克林广场'的小公园的椅子上，观赏着正在盛开的杜鹃花。突然，在我脑海中出现了一种得到从分子发出的单一形式电磁波的实际方法。因为当时，我正在探求用当时的电子管技术还不可能实现的产生高频电磁波的方法。如果能得到波长这样短的电磁波，就有可能使用它进行非常精确的测量分析。我甚至感到，那必会导致物理、化学等各种领域产生许多新的见解……"

"当坐在'富兰克林广场'小公园的椅子上时，我的考虑是基于以下这些知识：原子和分子可以吸收放射能，而且是以光、电波和热的形式来进行吸收的。而放射能是以量子的形式，即非常小的能的颗粒的形式被吸收。这时，原子将从低能的位置被推到高能的位置，我们把这叫做'激发'。而被'激发'的原子放射后，将会返回到低能的位置，同时放出一个量子单位的放射能。这种放射，就是以光的形式出现的电磁波。

"然而，我所注意的取得放射能的方法不同，即所谓'电磁波的感应放出'方法。这个理论是爱因斯坦于1917年提出的。下面我简单地说明一下：'一个原子，一旦受到光线等放射的刺激，就会产生和那种放射在振动数和方向上完全相等的新的放射；同时，失去能量降到低能的位置'"。

"这样的现象如果发生在自然界，例如增强从黑纸一方进入的光线，则会向其他方向传播开来，实际上，这就是激光的原理。

"但是，为了产生这样的现象必须有个特殊的条件，即被激发具有高能量原子的数目必须多于处于低能量原子的数目。"

"在公园里那天早晨，我注意到这样一点，即如果人能利用电子管产生比一般电磁波的波长更短的电磁波，就能制造出一种装置，利用它来产生激光束。同时我也认识到，如果使这种感应放出的放射能在一个尺寸严格确定的箱子中产生的话，则得到的光通过放大，就可以得到一种稳定而且非常强大的东西”。

而另一位最初提出激光应用专利的科学家高尔登·古德也是灵感突至。高尔登于1920年7月17日生于纽约市，他大学时学的是物理，就是在那时，他对光产生了浓厚的兴趣。1941年，他在耶鲁大学攻读博士，第二次世界大战的爆发使他中断学业，为曼哈顿工程（即原子弹工程）工作了两年。1951年，古德在哥伦比亚大学继续攻读博士，同时在纽约市政学院授课。

1957年11月9日是个星期六，都已半夜时分了，古德还没入睡。大约凌晨1点钟，他突然来了灵感：电灯发出的亮光如果不仅仅是乳白色的，而是……他为这个想法而彻夜未眠，将自己的灵感在日记本上做了详尽的描述，勾勒出各个组成部分，并计划出其将来的用途。星期三早晨，古德来到了住所附近的一家糖果店，请这家糖果店的店主作为公证人，在他的日记本上署名并记下日期。日记本上记述了怎样集光成束并用其切割、加热物质、测量距离的方法，于是激光就这样诞生了。

古德知道，这就是他一生为之奋斗的发明。然而他却没有预料到，为了他的这一发明得到专利几乎耗费了他的半生。有很多次，政府对古德要求的专利权的反对极为激烈，几乎令他和同事、朋友们开始害怕政府所属各产业部门要联合起来阻止他获得专利了。

直到1989年他才赢得了最后胜利，获得了最后一项有关激光的专利。这使得古德控制了在美国使用的90%的销售激光专利，包括焊接汽车部件、杀死皮肤癌细胞、制导武器、在结账台登记价格等在内的激光专利权。受古德专利权直接影响的激光工业的年销售额达5亿美元。具有讽刺意味的是，如果早在30年前授予这些专利，那么这些专利权还在激光工业仍微不足道时即已失效，古德的收入将仅为目前收入的几分之一。

随之而来的是，世界上100多家如福特、东芝、通用电器等大公司在内的激光制造商或使用商竞相与古德签署许可证合同，由此他成为了一个千万富翁。

科克雷尔和气垫船

1950年，科克雷尔在英国诺福克河口的造船行业里任工程师，他是一个善于思考、勤于钻研的人，经常为怎样提高船的航行性能而苦思冥想。他发现有两大因素使他造的船的性能大大降低了：一个是船壳阻力，一个是波浪阻力。他想：如果能把船壳做成空气船壳，使船体和水面之间有一层薄的空气，船壳的摩擦就可以忽略不计了。这样不仅可以节省动力能源，同时能大大提高船速。但是，怎样才能解决这一难题呢？为此，他进行了许多次空气动力学方面的实验。

一次，他的一个实验使他偶然发现了解决这一难题的新概念，因此他发明了气垫船。他用两个尺寸不同的铁筒朝厨房用的天平上鼓风，发现相同的风量通过两个不同大小的铁筒所产生的冲力不同。大口的铁筒吹在天平上的冲力反而小，而小口的铁筒吹在天平上的冲力反而比大铁筒大。他意识到可以采用以前不知道的这种现象制造一种新型的船。

1955 年，他根据自己的新发现制造了一个气垫船模型，它不仅在水上甚至可以在地毯上飞驰。但要使气垫船具有实用价值，在当时看还有不可逾越的资金和科技难题。这就要使船体既要同水面避免硬接触，同时又要保持与水面的有效接触。所以，控制船底喷气装置成了这项发明的关键所在。

由于这项“气垫密封装置”专利当时在英国无法实施，于是便被上了保密单，一直无人知晓。后来，有一个叫肖的文职官员很有远见，他经过研究论证后，签字拨款正式研制气垫船。

1959 年 6 月，为了纪念 1909 年“布莱里奥号”横渡英吉利海峡 50 周年，足尺型气垫船 SRN—1 号从反方向横渡英吉利海峡，引起了举世瞩目，气垫船研究制造走向世界。

后来从这个发明的发展势态来看，科克雷尔的发明不仅产生了一只气垫飞船，还产生了一系列新型运输工具，如近海和岛屿之间的快速摆渡和巡航用的摩托快艇；利用气垫船的原理研制出的每小时能运行几百里的火车，还有悬浮式单轨列车等。

脑功能的发现

癫痫是一种脑部疾病，病人发作时突然昏倒，全身痉挛，意识丧失，有的口吐泡沫，俗称羊痫风或羊角风。严重的癫痫发作会使病人陷入麻痹状态，甚至有停止呼吸的危险。在这种严重状态面前，医生不忍坐视，于是想到切断脑胼胝体，使左、右脑的一方所产生的扰乱电位不致波及另一方。这样的目的当时是希望缓解症状，并非企图根治。令人吃惊的是，手术后不仅一方平静，而是左、右脑都平静了下来。这等于是意外地发现了一个新的疗法。

从那以后，在遇到重症癫痫患者时，医生们便开始把手术刀伸向胼胝体这个禁区。这种粗暴的医疗处置，以后竟为挨不上边的脑功能创造性思维的研究奠定了生理基础，真可谓医学科学的意外发现。而完成这一划时代发现的人正是美国芝加哥大学精神病治疗机构的临床医师斯帕利。

20 世纪 70 年代初，斯帕利在追查癫痫发作做了脑胼胝体切断术的病人的调养情况时，对其脑功能进行了测试，在进行左、右脑功能测试的过程中，他出乎意料地发现两个半脑功能不同的现象。当他初步发觉到左、右脑的功能有所不同时，马上把自己的研究方向转向了大脑功能本身。

以后，他一步步地确认到左脑和右脑功能是在各自独立地进行活动。左脑是主管语言、概念、分析、计算的；右脑是主管想象、形象空间感、直观的。这项研究开辟了一个全新的领域，一个以思维为对象的研究开始了。

在 20 世纪 70 年代以前，右脑还是个不被人注意的领域。过去学校教育的成绩并不能直接表现在创造力上面，这一现象一直被认为是由于个人天资不同的缘故。其实不然，由于对右脑功能的研究进展，已经判明这并不是天资问题，而是在脑系统中什么部位起主导作用的问题。过去一直未受到重视的右脑（劣势脑）的功能在于掌管想象、“灵感”、直观。换句话说，它乃是主持创造性思维的机构。在那以前，右脑是一个有它不多余、没有它也不少的东西。现在发现，它乃是创造力的源泉，正是由于它的作用，人类才成了地球的主人。

如果是左脑受了损伤，这个人就要丧失说话的能力，变成一个残疾人；而右脑受到损伤的人则表面上变化不是很大，只是细看本人会有点笨，因此，长期以来并未引起人们的注意。这表明社会机制是以左脑的运动作为重点的。偶尔有右脑活动较强的所谓左撇子，在人群中也只占极少数。

千万年来，紧紧闭锁着的“创造”圣殿的大门，意想不到地被斯帕利打开了。这项研究是 1971—1974 年完成的，当时他 60 岁左右。由于这项功绩，他被授予了诺贝尔奖。

斯帕利是一位普普通通的医生，本没有多大的独创能力，更不具有阐明创造本质的雄心壮志。但是，他却意外地在一般观察中完成了振奋人心的创造。这件事本身也说明：发明、发现的机会可能是在任何人身边都均等地存在着。

恐龙灭绝的推论

路易斯·沃尔特·阿尔瓦雷斯出生在一个科学世家，其祖父和父亲均为物理学家。他在美国明尼苏达州的罗彻斯特长大，毕业于芝加哥大学。

路易斯是一位集科学家、发明家和航空飞行技术专家于一身的奇才。他因发展并利用氢气泡室技术而发现了一系列粒子，荣获1968年度诺贝尔物理学奖。在航空飞行方面，他发明了首次在英国战场上使用的雷达基盲着陆系统，并由此获得了1946年的考利尔飞行奖。1978年，他因设计灵巧的物理仪器、出色的航空雷达系统、精巧的光学仪器，在两个著名公司实现商品化而成为发明家中的佼佼者。尽管如此，他关于恐龙灭绝的科学推论也许是他一生中最重要的发现。据说，这个重要发现的机会是极其偶然的。创立这一发现和论断不仅要以现代高科技检测技术为基础，同时还需具备古生物学、地质学、核化学等方面的综合知识，才能对检测结果进行深入正确的分析，这些路易斯恰巧都具备。

1979年，路易斯已经从加利福尼亚大学退休。他的儿子沃尔特是一位地质学家，沃尔特偶尔得到一点远古时代的黏土，经核化学专家富兰克·阿撒罗检测分析，被确定是6500万年前的黏土。这被曾经从事宇宙射线和天体物理学的路易斯知道了，他对此很感兴趣。据测定这些黏土中铱的含量较高，而目前已知在彗星和小行星中铱元素的含量远比地壳中高得多。

黏土的地质年代恰巧与白垩纪第三纪一致。而正是在此时期，恐龙和许多其他的物种都永远地从地球上消失了。路易斯利用这些资料进行研究分析，认为6500万年前白垩纪与第三纪之间的恐龙灭绝事件就是由一颗近地小行星撞击地球触发的。由于小行星对地球的猛烈而发生了巨大的撞击，因此发生了惊天动地的毁灭性大爆炸。其所产生的高温使地球成了一片火海，冲天大火燃烧了地球上的大片森林和植物，使空气中的氧气消耗殆尽。恐龙有被大火烧死的；而大部分窒息死亡，因为空气中充满了无法呼吸的二氧化碳和一氧化碳，大多数种类的恐龙因此而灭绝。接着遮天蔽日的燃烧爆炸烟雾弥漫于大气层，数年不散，地球因此进入长期暗无天日的冰冻期，使所有的恐龙和多数动植物死亡。

路易斯提出有关小行星使某些生命形态灭绝的理论后，引起了世界科学界的重视，支持这一理论的论据和科学研究不断涌现。

“人造血”的发明

“人造血”是一种人造的氟碳化合物溶液。其中包含的成分很复杂，除了氟碳化合物作为主要溶质外，还有甘油、卵酸酯、氯化钠、氯化钾、氯化钙、碳酸钠、葡萄糖等一系列物质。它注射到失血的人体里，可以代替一部分血液维持生命活动。现在全世界已普遍临床应用。它没有血型，人人可以输，又可以在制药厂像生产针剂那样进行大批量工业化生产，而且可以保存3年，输氧能力比真血高2倍。

我们知道血液在体内循环时，其中一个最主要的功能就是携带氧气进入体内，输送到各种器官组织细胞里去进行生物氧化反应。这样人体的新陈代谢活动才得以正常进行，否则会因缺氧窒息而死。那么，这种功能主要靠什么呢？它是靠血液红细胞中的血红蛋白来进行的，而氟碳化合物可以代替血红蛋白。所以人造血有时又称为人造的血红蛋白液。

世界上有机化合物千千万万，为什么偏偏找到氟碳化合物溶液来代替血液呢？这说起来也是一个偶然的发现。人类半个多世纪以来，一直为寻求血液代用品而努力，但没有多大进展。

美国一位科学家叫利兰·克拉克，有一次，他用氟碳化合物溶液做实验。突然，一只老鼠落进了溶液里，这使他慌了手脚。他赶紧去捞，捞了大半天，以为捞上来已淹个半死了。不料那只老鼠抖抖身上的溶液，一下子逃窜而去。克拉克大为奇怪，为什么老鼠在水里会淹死，而在这种氟碳化合物里不会淹死呢？后来才弄清楚，这种叫做二氟丁基四氢呋喃的溶液，含氧能力特别得高，大约是水的20倍，或者说氧的溶解度为其体积的40%～50%，差不多有一半体积是溶进的氧气。这样老鼠在该溶液里不会因缺氧窒息而死，也就不奇怪了。为了证实这一点，克拉克又有意捉来一些大白鼠，故意把它们浸入溶液深处2小时，再捞上来，果然都没有淹死。后来他又把它注入鼠体内代替血液用，也活了好几个星期。

这样一来，氟碳化合物溶液就被人类发现可以当做代用血液了。但是美国人的这种发现，还只是一个开始，并非真正的成功。因为这种氟碳化合物颗粒太大，注入体内后排不出体外，倘若在器官里沉积下来，便会慢性中毒。后来美国人又找到了另一种氟碳化合物，叫全氟萘烷，颗粒比较小，可以从尿道和汗腺排出，但又有个大毛病，就是会在微血管里凝集成簇，堵塞血管，产生血瘀。

后来日本人猛攻人造血难关。他们发现在这种全氟萘烷溶液里加入少量的全氟三丙胺，然后再经人工乳化，即可以得到不会密集的氟碳化合物乳剂，像牛奶一般的乳白浮悬液了。由于颗粒小到1/10微米以内，不但从尿道、汗腺可以排出，连从肺泡里也可以呼出。他们把这种人造血液注入动物体内做了大量实验，证明效果良好。

1979年4月，日本用这种人造血给一位大失血病人输血，结果临床应用成功。而我国则在5年以前（1974年）就早已开展研究，由上海有机研究所和第三军医大学合作，于1980年研制成功，由上海中山医院首次临床应用。当然现在的人造血和真血相比，性能上还是跟不上的。因为人造血中没有白血球、血小板、抗体、酶等生物物质，所以抗菌、凝血、免疫等的功能是没有的，要抽血后全部用人造血还是不行的。又因为其余的功能，还得靠真血来维持，所以要一时完全取消人体献血还是不可能的。现在各国都在继续研究，希望研究出相似真血的全功能人造血。一旦研制成功，那就对各种血液病人都可以治疗了。

寻根问底的波义耳

波义耳是17世纪英国著名的化学家、物理学家，他出生于爱尔兰的利斯莫尔城堡。1654年他移居牛津后，开始研究化学和物理学，并于1665年获牛津大学名誉博士学位。1668年他定居于伦敦，并于1680年被选为皇家学会主席，但他拒绝担任这一职务，潜心致力于科学研究工作，一生在化学和物理学研究中很有建树。他是分析化学的奠基人，在他开创分析化学理论的初期，有过一个非常有趣的故事。

一天早晨，波义耳正要到实验室去，一位花匠送来了一篮美丽的紫罗兰。波义耳随手拿起一束花观赏着，闻着那扑鼻的清香走进了实验室。

他的助手取来了两瓶实验用的盐酸，波义耳想看一看盐酸的质量，那个助手就将盐酸倒进了烧瓶里。波义耳把紫罗兰放在桌上，去帮助那位助手。盐酸挥发出刺鼻的气味，像白烟一样从瓶口涌出，倒进烧瓶的淡黄色液体也在冒烟……

“这盐酸不错！”波义耳放心了，从桌上拿起那束花，准备回书房。这时，他突然发现紫罗兰上也冒出了轻烟。原来，盐酸溅到花儿上了，他赶紧把花放到水里去清洗。过了一会儿，令人惊异的是，紫罗兰的颜色由紫色变成了红色。

波义耳有寻根问底的习惯，这个偶然现象引起了他的兴趣。他把书房里那个放满鲜花的篮子取来，对助手说："取几只杯子来，每种酸都倒一点，再拿些水来。"

波义耳在几只杯子里分别倒进不同的酸性液体，再往每只杯子里放进一朵花，全神贯注地观察着，看看有什么新的变化。只见深紫色的花儿渐渐变成了淡红色，过了一会儿又变成了深红色。

这样，他就得出了一个结论："不仅是盐酸，其他的各种酸类，都能使紫罗兰变成红色！"波义耳兴奋地对助手说，"这可太重要了！要判别一种溶液是不是呈酸性，只要把紫罗兰的花瓣放进溶液里去试一试就行了！"

但是，紫罗兰并不是一年四季都开花的。波义耳想了一个办法。他在紫罗兰开花的季节里，收集了大量的紫罗兰花瓣，将花瓣泡出浸液来。需要使用的时候，就往被试的溶液里滴进一滴紫罗兰浸液。这就是他发明的"试剂"。

走到这一步，波义耳并没有停步。他又取来了蔷薇、丁香等花卉，将它们的花瓣泡出浸液来实验，接着又用药草、苔藓、树皮和各种植物的根进行同类实验。最有趣的是用石蕊泡出的浸液：酸和碱本来像水一样，是无色透明的。可是，如果把石蕊浸液滴入酸性溶液，就显出红色；滴入碱性溶液，就变成蓝色。

后来，他发明了一个更简便的方法，即用石蕊浸液把纸浸透，再把纸烘干。要用时只需将一小块纸片放进检验的溶液里，根据纸的颜色变化，就能知道这种溶液是呈酸性还是碱性。波义把这种石蕊纸叫做"指示剂"，也就是后来人们所说的"试纸"。

裂而不碎的玻璃

彭奈迪脱斯是法国的化学家，他发明了一种不易打碎的"安全玻璃"。

1907 年的一天，彭奈迪脱斯正在实验室里整理放试管、烧瓶等实验用品的架子。一不小心，手里的一只玻璃瓶子掉到了石头地上。"完了。"他心想。可是，出乎他意料的是，瓶子很完整地在地上躺着。他拿起瓶子一看：瓶子没有破碎，只是布满了横七竖八的裂纹。

彭奈迪脱斯一向有努力满足自己好奇心的习惯，他便用心观察、分析起来：瓶上的标签告诉他，这原来是一只药水瓶，由于时间放长了，水分都蒸发掉了。也就是说，这是一只普通的空瓶子，并没有什么与众不同的地方。

“那为什么摔不破呢?”他想,“这地是石头铺的,可不是海绵。”

他又找来一只空瓶子,轻轻往地上一摔,空瓶子一下子摔得粉碎。疑团没有解开,他把那只摔不破的瓶子放回原处,也没去打扫那只打碎的瓶子的碎片,苦苦地陷入了沉思中。

彭奈迪脱斯有天天看报的习惯。几天后,报纸上有一条关于汽车发生事故的新闻吸引了他。报道说,乘客被车窗玻璃的碎片击伤,数位乘客被送进了医院……

看到这儿,他不由得又想起了那个裂而不碎的玻璃瓶,他下决心一定要弄个水落石出。

他立即赶到实验室,取出那只瓶子,进行仔细的检查。于是,他找到了原因:瓶子里的药水蒸发之后,留下了一层坚韧透明的薄膜,紧紧地贴在了玻璃上。瓶子能裂而不碎的奥秘就在这里!

很快,他又联想到贴过白纸的窗玻璃受到摔击后往往也是裂而不碎的。这时,发明一种“安全玻璃”的念头在他心中油然生起。就这样,他开始了玻璃涂膜的实验。

作为一个化学家,寻找适合在玻璃上涂抹的药水并不很难。当然,除了附着力,还必须考虑到涂层的透明度……经过一次又一次的选用、涂膜、烘干、摔击,他终于找到了一种合适的涂料。

他找来了民用窗玻璃、玻璃瓶子、汽车玻璃等各种玻璃制品,分别给它们涂上了新发明的涂料。经过摔击实验,结果证明,每块玻璃都只是出现许多裂痕,而没有出现碎片横飞的现象。

彭奈迪脱斯并没有为自己的成功而沾沾自喜,他进一步想:“单层的玻璃是如此,要是用配制的涂料把两块平板玻璃黏合在一起,效果会不会更好一些呢?”

说干就干,他立即黏合了两块平板玻璃。等涂料黏合剂干透之后,他对这种双层玻璃进行了“破坏”。玻璃虽然遭到“暴徒”的多次摔击,但只是出现了几处“轻伤”——几条稀疏的裂纹。

就这样,“安全玻璃”诞生了,并广泛地应用于汽车、火车、飞机等交通工具上。

业务员的伟大创造

今天,虽然电脑已经普及,但是人们还是离不开自来水笔。商店柜台里,各种款式的自来水笔琳琅满目，你随便选购一支，书写起来既流利，又清晰。

“自来水笔水自来。”今天，如果有谁对你说这句话，你也许会认为他是在耍“贫嘴”吧。可是，你知道吗？100 多年前，为了这样一支笔的诞生，还着实耗费了一番心血呢！说起来，这里边还有一段小故事呢！

沃特曼是一家保险公司的业务员。1894 年的一天，沃特曼好不容易从对手那里抢到了一笔生意，他把鹅毛笔和墨水递给委托人，让委托人在合同上签字。不巧鹅毛笔上滴下来的墨水把文件溅污了。沃特曼赶紧出去再找一份表格，但就在这时他的一个对手乘虚而入，抢去了这份买卖，刚要到口的肥肉就这么丢了。

十分显然，这是一次由于书写工具不灵而造成的失误。在那个年代，人们都用鹅毛笔蘸着墨水书写，墨水偶尔从笔尖上落下来弄脏纸，也是不可避免的事情。

不过，沃特曼是个有心人。事后，他这样想：不一定每个人都会因为书写工具不灵而丢掉业务，可是，生活中每个人却都离不开一支笔。作家要用它写文章，会计师要用它记账，普通人要用它写信、记日记，至于学生，更是每堂课都要用到它。如果能有一种笔，书写时不用蘸墨水，甚至可以装在衣袋里随身携带，这对于每个人来说，该是件多么惬意的事啊！

沃特曼决心设计一种能控制墨水流量的笔，也就是从那时开始的。他把这种笔称作自来水笔。按照沃特曼的理解，这种笔应该带有一个能贮存墨水的部件，当书写时，墨水自动流向笔尖，既不快也不慢，这就成了自来水笔。

可是，沃特曼试了几次，却都失败了。原因是他设计、制作的笔，要么墨水流得太快，要么根本不流，怎么也达不到预期的效果。

沃特曼明白，问题的关键是要能控制墨水的流量。沃特曼没有想到，这么一件小小的玩意儿，真要制作起来也不是那么容易。到底用什么办法解决呢？这件事可把他折磨得不轻。

一天早晨，沃特曼起来洗脸时又想到了这个问题。他打好了水，把毛巾搭在脸盆上，心里想的仍然是自来水笔的事。过了一会，他看到毛巾上潮湿的部分逐渐扩展到了不浸在水里的地方，而且还在继续上升。

沃特曼明白，这是毛细管现象，植物就是靠此原理，树液克服了重力上升到枝叶中去的。这时沃特曼心里突然一亮，用毛细管原理来控制墨水的流量，就不愁制作不出理想的自来水笔了。

沃特曼顾不得洗脸，兴致勃勃地立即动手。在新的实验中，沃特曼成功了。沃特曼在连接墨水囊和夹子的一根硬橡胶中钻了一条头发般粗细的通道，在墨水囊中放进少量空气，使得内部的气压与外面平衡，这样只有在夹子上加压，墨水才能流出来。

最初沃特曼做出钢笔比较笨拙，用的是眼药水瓶。不久后，他用柔软的橡皮笔囊取而代之，只要把空气挤出来，就可吸进墨水。

后来人们在钢笔的制作设计和材料的选用上不断改进，使得小小的钢笔越来越精致、美观、耐用，种类也大大增加，但原理仍然是一样的。

自来水笔的发明给人类的书写带来了极大的便利，而这一切都要归功于一个保险业务员——沃特曼。

偶然的伟大发明

世界上以“可乐”为牌号的饮料不下1000种，而且生产商们花费数亿计的广告费宣传自己的产品，但没有一种能与“可口可乐”相媲美。

“可口可乐”之所以能够在国际饮料市场独占鳌头，为可口可乐公司创造源源不绝的巨额财富，全在于这种饮料的配方中，有一种被称为“7X”的神秘物质，而这种物质的比例在整个配方中不足1%！更为奇特的是，“可口可乐”的发迹，竟是一个小店员的糊涂行为造成的。

1886年春季，美国乔佐亚州亚特兰大市的一家不起眼的小药店门前，人少车稀，门可罗雀。店内冷冷清清，小店员正缩成一团，伏在柜台上打盹。有一个双手抱头的中年男人从外面走进店里，大声叫醒小店员，嚷着要买一种叫“可口可乐”的治头痛的药水。

睡意蒙眬的店员转身取药，发现这种药已经卖完。此刻老板不在，无法到配方房取药。为了应付顾客，他随手拿起一瓶类似治头痛的药汁，与苏打水、糖浆兑在一起，倒了一小杯给病人喝，病人喝完后向柜台扔下半美元，就匆匆离去。

过了一会儿，老板回到店里，发现有五六个顾客正在和小店员吵着要买刚才那个男人喝过的红色“可口可乐”药水。老板究其原因后恍然大悟，让店员按刚才配制的方法，用红色药水打发了顾客，还赏了小店员5美元，小店员被弄得莫名其妙。

此后，买这种药水的人越来越多，老板不得不另开大店招待顾客。就这样，一个小店员的糊涂应急行为，竟产生了一个驰名世界的饮料产品。

一年以后，这种药水的年销售量猛增。老板潘伯顿的后继者康德勒对可口可乐的配方又进行了多次研究和改进。到1902年，这种药水的年销售量已激增至36万加仑，成为风靡世界的热门药。到了20世纪30年代，可口可乐药水已不再是治头痛的良药，而成为人们习用的饮料了。可口可乐公司董事长伍德鲁夫则因此而成为世界闻名的饮料大王，几乎垄断了整个饮料市场。

刺果钩和“尼龙扣”

1948年的一天，瑞士发明家乔治·德·曼斯塔尔带着他的狗去郊外打猎。他和狗都从牛蒡草丛边擦过，曼斯塔尔的毛料裤和狗毛上都粘了许多刺果。

回到家里，曼斯塔尔对刺果为什么会粘牢碰上它的东西产生了兴趣。他用显微镜仔细观察粘在皮毛上的刺果，发现刺果上有千百个细小的钩刺勾住了毛呢和狗毛。这时，他顿然发现：如果用刺果做扣件，是再好不过了。受此启发，他发明了以一丛细小的钩子啮合另一丛细小圈环的新型扣件——凡尔克罗，这是一种能轻易地扣住，又能方便地脱开的尼龙扣，不生锈、轻便，可以水洗。它的用途很广，包括服装、窗帘、椅套、医疗器材、飞机汽车制造业。宇航员们依靠它在失重状态下，可将食品袋扣在舱壁上；在靴底上装上凡尔克罗，使他们的靴子附在飞船舱里的地板上。

刺果钩附动物身体本来是牛蒡草生存和繁衍的“聪明”之处，因为刺果的这种特性可以使牛蒡草的种子随动物的活动播撒得更远，牛蒡草的这种播撒种子的“聪明”当然是在物竞天择之中由大自然赋予的。许多人对大自然赋予牛蒡草的这种“聪明”视而不见，但却被认真的曼斯塔尔发现了，并利用它来造福人类。所以说，曼斯塔尔真是一位从大自然中汲取聪明才智的发明家。

沙地上长出的幼苗

米丘林是俄国伟大的园艺学家。他在长达60年的园艺科研实践中，辛勤探索，坚韧不拔，培育出了350多个果树新品种，为俄国的林果业作出了重大贡献。

米丘林出生在一个贫寒之家，父亲是个园艺工人。在父亲的熏陶影响下，小米丘林对果树的园艺培育产生了浓厚的兴趣。米丘林仅10岁时，他的父亲便去世了，但米丘林并没有放弃对园艺事业的追求。为了生计，米丘林不久就开始了自食其力的学徒生活。米丘林这种贫苦的出身和坎坷的经历，使他磨炼出顽强刻苦的优秀品质来。

米丘林19岁成家以后，为了给热爱的园艺研究事业筹备款项，他身兼数职，将赚来的钱用于园艺研究，还买了大量植物方面的书籍并刻苦钻研。他读了达尔文的《物种起源》一书后，高兴地说："物种可以变，对，我完全同意。"

为了对俄国的果树品种有所了解，一年秋天，他一个县一个县地视察。当他看到几乎没有耐寒的优良果树品种时，决心彻底改变祖国林果业的这种十分落后的现状。

他给自己的研究工作确定了两大任务：一是要在俄国中部培育出耐寒的浆果植物种类；二是要把南方的树种移向遥远的北方种植。他把干钟表匠的积蓄全部拿出来，在佛罗内兹河边买了土地，把南方的优良品种的枝芽嫁接在北方耐寒品种的砧木上。结果树是接活了，但当严寒来临，所有的接枝却全部冻死了。他用嫁接的方法反复实验了10年，但都失败了。

于是，他开始研究人工杂交和人工授粉的方法。在这项实验中，他领会到植物杂交时幼苗容易接受外界的影响而变异，明白了自己过去之所以失败，是因为用了成年的纯种。

他又培育出许多杂交幼苗品种，但寒流到来后，大部分幼苗又被冻死了。米丘林并不气馁，他经过仔细的观察，发现在园里一角的沙地上，长出的幼苗比较耐寒，于是他明白了："土壤肥，环境条件好，幼苗必然长娇了，因此不能耐寒。"他高兴地跳起来，说："必须用贫瘠的沙质土壤来培育耐寒的幼苗。走！搬到沙质土壤去!"

1900年，米丘林在离科兹洛夫城2000米的地方，找到了一片沙质地。他把树苗一棵棵地移栽过去。在这里，他辛勤劳动了七八年，培育出了许多优良的耐寒品种果树。

后来，米丘林又实验了使果实早熟的方法。他把南方果树移到北方种植。最后，这些南方的果树终于在北方安了家，并开放出芬芳的花朵，结下了丰硕的果实。

按说，米丘林的巨大成果得益于他坚韧、辛勤的探索与年复一年的踏实艰苦的耐心等待。但沙地幼苗栽培的偶然发现，却是他长期探索研究的一个新的有利转机。正是米丘林迅速抓住了这一新的偶然转机，才成就了他的果树培育事业，实现了他"不能等待大自然的恩赐，必须向大自然去索取"的著名格言。

发现电磁波的人

1857 年 2 月 22 日，赫兹出生于德国汉堡。他小时候想当一名建筑工程师，于是在汉堡学校毕业后，他又到慕尼黑继续求学。

1878 年，他偶然在柏林听了著名物理学家亥姆霍兹的演讲后，改变了原来的求学初衷。他对物理学中的电学产生了浓厚兴趣，因此进了柏林大学学物理。

1880 年，赫兹从柏林大学毕业，发表了论文《电运动的功能》。亥姆霍兹看了赫兹的论文以后，很赏识他，便让他作为自己的助手。

赫兹在大学学习期间，一直在探究麦克斯韦的“电磁说”，想在电磁研究上有所突破，但因学识水平不足，只好暂时放下。直到 1883 年，他在基尔时，又正式开始对电磁进行研究，但仍然没有结果。2 年后，他到卡尔斯鲁赫高等工艺学校当物理教授，继续实验麦克斯韦的“电磁说”。

一次，电磁火花在赫兹长期刻苦的探索中终于闪烁出了成功的光辉。赫兹在实验室里，把两根光滑的铜球杆各自系在两片锌片上，同时又把铜杆接触到感应圈的两端。当锌片通电时，奇异的现象发生了：两根铜球杆自然靠近，并且冒出微弱的小火花。

这一现象启发了赫兹，他赶紧用检波器来检查这些光中是否含有电磁波。他的检波器很简单，只用一根铜丝弯成一个圆圈，然后在相对两端各系住一个小铜球，铜球上面装有螺旋机，使两球可以自由移近它们的距离。他把这个检波器靠近锌片那端爆火花的铜球杆时，铜丝圈两端也有火花爆发出来。赫兹的这个实验充分证实了麦克斯韦的“电磁说”是正确的，也证明了这火花的发生是由于铜球的震动所发出的电波而引起的。因为这是无线电发明的开始，所以人们称这电波为“赫兹波”。

多年以后，赫兹又以精密的实验，更集中精力研究这些电波。每一次实验，他都记下了它们的路线、长度，它们的反射和曲折。他发现了许多有关电磁波的有趣现象：这些神秘的电波速度极快，它和光速一样快；它可以毫无阻碍地迅速通过很厚的墙壁或高山，但却透不过金属片。赫兹的这些电磁波的巧妙实验证明了光含有电磁波的性质，因而启发了科学家们对光和电的重新认识，开辟了无线电时代的新纪元，为俄罗斯科学家波波夫、意大利科学家马科尼的无线电发明铺平了道路。如波波夫在赫兹逝世的一年后，即 1895 年，制造出世界上第一架无线电接收机。马科尼于 1897 年创办了世界上第一个无线电公司。后来的无线电话、无线电广播以及整个的电讯业都是在这个基础上发展起来的。

人造染料的开端

威廉·亨利·帕金是19世纪末20世纪初英国著名的化学家。他14岁进入英国皇家化学学校学习。威廉·亨利·帕金天资聪颖，学习勤奋，很快得到校长霍夫曼的垂青，不到一年即以学生的身份被任命为实验室助手。

校长霍夫曼对煤焦油做过研究，知道煤焦油中含“苯”的物质可以制造出一种叫做“苯胺”的新物质。他想继续通过研究，在实验室里人工合成各式各样的天然物质。他间或向得意门生帕金讲起他的夙愿。帕金受到老师的影响，也想自己动手合成一些物质。

帕金最初是想通过实验室人工合成奎宁，奎宁是从南美产的金鸡纳树的树皮中提炼出来的，是治疟疾的特效药，在欧洲不易买到，价格也十分昂贵。倘若能人工合成，则不但能造福人类，发明人也必然因此发财致富。帕金利用1856年的复活节假日在家里的屋顶实验室中开始了奎宁合成的研究。

从煤焦油里提炼出来的物质中，有几种的化学结构与奎宁的化学结构相近，所以帕金就对它们进行各种化学处理，想使它们变成与奎宁类似的物质。但是无论怎样处理，都没有成功。最后，他选用霍夫曼用苯制成的苯胺做原料，在其中加入重铬酸钾使其氧化，这时产生了黑色的肮脏的沉淀物。因为奎宁是白色粉末，一看就知道生成物绝不可能是同一物质。

要是一般的化学家，恐怕就会因希望落空而摇头叹气，赶紧把令人心烦的肮脏的沉淀物倒了。然而细心的帕金为了弄清这种黑色沉淀物的成分，他继续研究下去。

帕金将这种黑色沉淀物溶解于酒精，令人惊奇的是，溶液呈现出鲜艳的紫色。将绸子浸泡在这种溶液里，绸子也就染上这种紫色。用肥皂清洗，再让太阳曝晒10多天，紫色丝毫不褪，色调鲜艳如初。

“这种物质说不定可用做衣服的染料呢！”帕金心想。可是他对染料一无所知，于是他给英国当时最大的染料公司——帕斯地方的皮拉兹公司写了一封信，并附上染了色的绸子样品。不到一个月，回信来了，信中对年仅18岁的帕金所发现的这种染料给予了很高的赞誉。帕金高兴极了，他申请了这种新颖紫色染料的专利。同时，他中途辍学，全力进行对自己发现的这种染料的开发生产工作。

帕金给他的染料取名为“mouve”。而淡紫色在法语中也叫“mouve”，并且淡紫色服装恰巧在法国、英国时髦起来。这样一来，帕金的“mouve”牌染料生产供不应求，这位年方 20 多岁的青年发明家发了大财。

从生产“mouve”牌染料开始，用煤焦油做原料的人造染料工业得到了迅速发展，人造染料很快就取代了木兰、茜草之类的天然染料。这还为现在的塑料、化纤等合成化学工业拉开了序幕。所有这一切若说是起因于帕金的偶然发现，也是言不为过的。

给火车系上“缰绳”

19 世纪初，以蒸汽为动力的火车出现了。在 1829 年举行的一次“火车竞赛”中，斯蒂芬孙驾驶着满载的“火箭”号机车，以时速 56 千米创造了陆地第一个车辆奔跑速度。此后不久，呼啸的火车开始奔驰在美国和欧洲大陆，开始了铁路交通运输业蓬勃发展的新时代。

但是，这时的火车还不够完善。致命的缺点是刹车不灵，经常导致运行事故。在一般公众的眼里，火车是一种不安全的交通工具，有人将它戏称为“踏着轮子的混世魔王”。

当时的火车刹车装置十分原始，最初仅仅装在车头上，完全凭司机的体力扳动闸把来刹车，是很难使沉重的列车迅速停下来的。后来改进为每节车厢上都安一个单独的机械制动闸，配备一个专门的制动员，若有情况，由司机发出信号，各个制动员再狠命按下闸把。这样虽然稍好一些，但仍然不能迅速地刹住列车。因此，发明一种灵敏有效的火车刹车装置，已成了铁路系统一项亟待解决的大问题。

很多人都曾致力于改进火车刹车装置的研究，但谁也没想到，最终获得成功的却是一位贫困的美国年轻人——威斯汀·豪斯。他发明了一种灵敏可靠的空气制动闸，给火车这匹巨大不羁的“铁马”系上了“缰绳”，在铁路安全运输史上竖立了一个值得纪念的里程碑。

威斯汀·豪斯发明新型火车空气闸的念头，是由一次偶然的事件引发而来的。他在一次旅行中，恰好赶上了因火车刹车不灵而造成的严重撞车事故，目睹了一场车毁人亡的惨剧。他当时就下定决心，要发明一种有效的制动闸以避免交通事故的发生，保障铁路运输的安全。

他首先想到了蒸汽。既然列车是蒸汽推动的，为什么不能用蒸汽来制动呢？他设计了一套装置，用管路把锅炉和各个车厢连接起来，试图用蒸汽来推动汽缸活塞，从而压紧闸瓦，达到刹车的目的。但由于高压蒸汽在长长的管路里迅速冷凝，丧失压力，因此实验未能取得预想的效果。

威斯汀·豪斯正一筹莫展时，有一天他偶然买了一份《生活时代》报，一条报道说法国开凿塞尼山隧道，一条介绍压缩空气驱动大型凿岩机的消息，使他联想到苦思冥索的制动闸：既然压缩空气可以驱动凿岩机，开掘坚硬的岩石，或许也能够驱动火车制动闸。

基于这个想法，威斯汀·豪斯终于制成了新型的空气闸。其原理并不复杂，只要增加一台由机车带动的空气压缩机，通过管道将压缩空气送往各个车厢的汽缸就行了。刹车时，只要一打开阀门，压缩空气就会推动各车厢的汽缸活塞，将闸瓦压紧，使列车迅速停下来。

1868 年，年仅 23 岁的威斯汀·豪斯取得了空气制动闸的专利权，成立了威斯汀·豪斯制动闸公司。直到今天，空气制动闸仍然是火车和汽车运行的安全保障。

安全炸药的诞生

大家都知道，火药是中国古代四大发明之一，但诺贝尔发明的却是威力更大、更安全的黄色炸药。

在诺贝尔之前，曾有一位名叫舍恩贝恩的德国化学教授，一天晚上，他在家中的炉旁加热硝酸和硫酸时，不慎打碎了瓶子。教授唯恐夫人回来见怪，忙乱中赶紧用一件挂在墙上的棉布围裙去擦地板，然后用水洗净放在炉边烘烤。突然一声巨响，围裙爆炸似的发出一阵闪光后着火了。

教授重复做了几次实验，证实了浸有硝酸的棉花会在高温下发生爆炸，在无意中发明了后来称为“硝棉”的爆炸物。

不久后，一位名叫索伯里奥的意大利人发明了硝化甘油炸药，但由于它的易爆性而无法实际使用。接着又出现一种硝酸含量少、能产生薄膜、用于止血的硝棉胶。

诺贝尔就是在这些发明的基础上，开始了他黄色炸药（TNT）的研究工作。1873 年，诺贝尔一直在研究易爆的硝棉炸药的安全包装问题。有一天，他不慎割破了手指，血流了很多，他用当时盛行的止血剂硝棉胶来止血。因为伤口很深，他痛得无法入睡，就在这时，他突然产生一个念头：既然硝棉胶能止血，为什么不用它来包装硝棉呢？第二天清晨穿着睡衣的诺贝尔验证了他的设想。这一成功，增加了硝棉的安全性，但它仍不够安全，因此诺贝尔急欲寻找一种更为安全的炸药。

有一天，诺贝尔往容器里灌装硝化甘油时，不慎打翻了容器，硝化甘油流入了地里。诺贝尔惊奇地发现，土壤能吸入三倍体积的硝化甘油，而且吸收后，无论是锤它或烧它，都不会发生爆炸，只有用引爆的方法才能使它爆炸。这次无意中的发明正是我们目前还在使用的黄色炸药，也就是这次发明给诺贝尔带来了巨大利润，从而设立了著名的诺贝尔奖。

安全炸药的诞生看似是一次偶然事件，但是偶然事件更需要严谨认真的有心人去研究。诺贝尔就是这样一个严谨认真的研究者。

一只猫与碘的故事

19世纪初，法国拿破仑发动了一场规模巨大的战争，战火烧遍了整个欧洲。这就需要把大量的黑火药用于战场上，因此许多化学家和火药商研究、制造起黑火药来。

黑火药的成分有硫磺、炭灰和硝石。当时硫磺和炭灰很容易搞到，但硝石却十分缺乏。巴黎的一个叫库尔特瓦的药剂师，他正在研究利用海草灰来制取硝石。法国紧靠大海，海草异常丰富。库尔特瓦把收集到的海草烧成灰，把灰泡在水里，再用这些泡灰的水制出一袋袋的白色透明的硝石，而剩下的就白白倒掉了。

善于思索问题的库尔特瓦后来想：从泡着海草灰的水中制出硝石后，剩下的液体里是不是还含有别的东西呢？于是，他就在实验室里进行研究。

这一天，库尔特瓦仍专心致志地在实验室里工作，忽听哗的一声，一只调皮的猫把盛着浓硫酸的瓶子碰倒了。浓硫酸正巧倒进盛着浸过海草灰的瓶子里。两种液体混合后，立即升起一股紫色的蒸气，散发出一种难闻的气味。

库尔特瓦感到好奇，而使他更为惊奇的是蒸气凝结后，没有变成水珠，而是成了像盐粒似的晶体，并且闪烁着紫黑色的光彩。

这个意外的现象，引起库尔特瓦的极大兴趣。他立即进行化验、分析，终于发现，这紫黑色的结晶体是一种新的元素——碘。

体温表诞生的故事

当有人感冒发烧、去医院看病时，医生通常会先请他试一下体温表，然后再根据体温的高低及其他症状来诊断病情。

体温表是医生观测病情的医疗器具。那么，体温表是谁发明制造的呢？是医生发明制造的吗？不是，它是大科学家伽利略根据医生的要求，然后受到水温变化的启示，因此发明制造出来的。

在400年前，科学家伽利略在威尼斯一所大学里教书。有些医生找到他，恳求说："先生，人生病时，体温一般会升高，能不能想个办法，准确地测出体温以帮助诊断病情呢？"

医生的真诚请求，使伽利略感到难以推辞。为了制作出这一医疗器具，伽利略不停地思索，但总是想不出什么好的办法。

一天，伽利略给学生上实验课。他边操作边讲解，学生都听得入迷。他问学生："当水的温度升高，特别是开的时候，为什么会在罐内上升？"

"因为水温达到沸点时，体积增大，水就膨胀上升。水冷却，体积缩小，又会降下来。"学生做出了正确的回答。

这个常识性的回答经学生一说，顿时使伽利略来了制造体温表的灵感。伽利略兴奋地想："水的温度发生变化，体积也随着变化；那么反过来，从水的体积变化，不是也能测出温度的变化吗？"

伽利略高兴得忘乎所以，下课以后马上回到办公室，从热胀冷缩的原理着手，做起实验来。从根据这一原理到试制体温表成功，中间还隔了一段很长的距离，伽利略不知实验了多少次，但都失败了。有一天，他用手握住试管底部，让管内的空气渐渐变热，然后把试管的上端插入冷水中，松开握着的手，他发现，水在试管里慢慢地被吸上一截；再握住试管，水又慢慢地从试管里被压了下去。

从水的上升与下降，已经看出温度的变化了，但这不可能供医生去使用。因为一盆水和一根试管无法去给病人量体温，同时也没有温度变化的具体刻度。

后来，伽利略又做了多次改进，把一根很细很细的试管装上水，排出里面的空气，又密封住，并在试管上刻了刻度，然后送给医生用，医生让病人握住试管，果然，水上升的刻度反映出了病人的体温。就这样，世界上第一个体温表试制成功了。

可是到了寒冷的冬天，一个个体温表都破裂了，原来是水结冰后撑裂的。伽利略又经过几十次实验，终于发现，可以用不畏严寒的酒精代替水。再往后，人们又发现水银比酒精更适宜。所以现在的体温计都是水银芯的。

外科医生的发现

早在 19 世纪末，就有两位生理学家发现，切掉狗的胰腺可以使狗产生糖尿病。这个实验证明了胰腺里含有一种可以维持血糖浓度正常的东西。从那以后，许多科学家都想把这种东西从胰腺里提取出来。他们把胰腺捣碎，然后进行提取。但是一切尝试都失败了。原来胰腺里含有大量的蛋白水解酶，它们能够分解蛋白质。胰岛素是一种蛋白质，因此在抽提过程中就被胰酶破坏了，从而无法得到胰岛素。

最初发现胰岛素是在 1921 年的夏天，由加拿大人班丁和拜斯特在加拿大的多伦多大学完成的。

班丁原是一位外科医生。1920 年，他偶然在一本外科杂志上看到一篇文章，说结扎胰导管可以使分泌胰酶的细胞萎缩，而胰岛细胞却不受影响。他读了这篇文章以后很受启发，想来想去睡不着，便找出了他的笔记本，在上面写道："结扎狗的胰导管，等候 6～8 个星期使胰腺萎缩，然后切下胰腺进行抽提。"他决心大胆尝试。

当时在加拿大只有多伦多大学的生理系有条件做这样的实验。于是他两次到那里，向生理系的一位教授请求让他在那里做这个实验。但是两次都被拒之门外。一直到第三次，这位教授才勉强同意给他几只狗，允许他在暑假期间借用一间简陋的实验室工作 8 个星期。这位教授考虑到班丁缺乏化学方面的训练，特意为他配备了一位助手，这位助手就是医学院即将毕业的学生拜斯特。教授本人就回到原籍苏格兰度假去了。

1921 年 5 月 17 日，29 岁的班丁和 22 岁的拜斯特开始工作。两人密切配合，结扎狗胰导管的手术由班丁负责；血液里和尿里葡萄糖含量的分析由拜斯特来做。他们在炎热的夏季奋战了两个多月，在 7 月底终于获得了成功。7 月 30 日午夜，他们给一只患了糖尿病的狗注射了 5 毫升从狗胰腺里提取出来的胰腺抽提液，这时奇迹出现了，这只狗过高的血糖浓度迅速下降，一项伟大的发现成功了。

这是 20 世纪生物医学界的一项重大发现，它对挽救成百万糖尿病人作出了巨大贡献。班丁由于这一贡献而获得了一半诺贝尔奖，另一半由那位教授获得。但是做出重要贡献的拜斯特却被排除在外，不能不令人感到遗憾。

跷跷板与听诊器

一天，年轻的大夫勒内·雷奈克偶尔观看几个小孩子玩跷跷板。他们一上一下的，玩腻了，于是有一个孩子把耳朵贴近木板的一端，另一个孩子就用钉子划擦木板的另一端，这时木板一端传来清晰的划擦声。雷奈克对这种传声现象感到很惊奇，于是牢牢记在心上，由此而导致他以后发明了一种最重要的医学仪器——听诊器。

勒内·雷奈克出生在法国的布列塔尼省。5 岁时母亲去世，后来他被送到叔叔那里生活。叔叔是位内科医生，这可能对雷奈克一生从医有很大的影响。1795 年，雷奈克开始学医，他是一个很有才华的学生。毕业后，他曾在军队里担任过助理外科医生，后来到了巴黎，成了拿破仑的内科医生吉思·尼科拉斯·科维沙特的学生。不久他得到了一个进行医学实践的好机会，担任了《医学杂志》的编辑。直到 1816 年，他又去了医院工作，就在那里，他发明了听诊器。

在 1816 年，有一次他出诊去给一位年轻姑娘看病。按惯常做法他应该把耳朵贴近姑娘的胸部来听心肺，但因为这位姑娘长得很胖，再加上雷奈克非常羞怯，以至于他不好意思用这种方法。怎么办？这时他回忆起了自己曾看到过的孩子们玩跷跷板的游戏——倾听通过木板传过来的划擦声。于是他拿了一叠纸，把它卷得紧紧的，把纸卷的一端放在姑娘的胸部，另一端贴在自己的耳朵上。此时他所听到的声音比他以前将耳朵直接贴在病人胸部所听到的声音要清晰得多，这让他又惊又喜。

为了改进这种仪器，雷奈克做了一根空心木管，并将木管的一端挖成大孔，把这一端放在病人的胸部，另一端贴在他的耳朵上，这时心脏的跳动声音就听得格外清楚了。这就是现代听诊器的构造原理。可是雷奈克没有用过“听诊器”这个名词，他一直把这根木管叫做“指挥棒”。

雷奈克成功研究了诊断心脏和肺部疾病的新方法——听诊法，并写了一本介绍听诊法的书。

雷奈克的健康状况一直不好。后来他染上了肺结核，致使他 45 岁就被病魔夺去了生命，但他发明听诊器的功劳将永远被人们牢记。

看地图的启示

魏格纳是一位德国气象学家。1910 年的一天，他去医院看病。在医院的候诊室里，他一边看墙壁上的地图，一边等待治牙病。看着看着，地图上的一个非常有趣的现象吸引了魏格纳：大西洋两岸的轮廓竟是如此地相对应；巴西东端的突出部分与非洲的几内亚湾，就像一张纸剪开来那样吻合；再仔细看下去，巴西海岸的每一个突出部分，都可以在非洲西岸找到相对应的海湾……

这时，他脑子里掠过一个惊人的念头：是不是非洲与美洲大陆曾经是连在一起的？魏格纳知道，回答这个问题需要超出气象学的知识。从此，他决心把这个问题搞清楚，开始向一个陌生领域进军。

魏格纳细察了大西洋两岸的山系和地层，发现在它们之间处处都能连接起来：非洲南端的开普敦山脉可以与南美的布宜诺斯艾利斯山连接；非洲高原和巴西高原的岩石一致；欧洲的煤层可以延续到北美洲；挪威和苏格兰的山系又恰好与北大西洋对岸的巴拉契亚山系北段衔接……此外，印度与马达加斯加岛、非洲之间的地层构造，南极洲与澳大利亚之间的地层构造，都可以找出对应关系。

在这个问题上，达尔文还帮了大忙。达尔文的考察证明，远隔重洋的大西洋两岸，有许多生物之间存在着亲缘关系。比如，有一种蜗牛，既发现于德国和英国，也分布于北美洲，而这种行动迟缓的动物是没有跨越大西洋的本领的；同样，在南美、非洲和澳大利亚都生活着一种淡水性肺鱼。在大陆上，还有许多的同类动物的化石，这些更是有力的证明。

魏格纳吸收了地质学和古生物学的知识，又参加了格陵兰探索。他在穷搜博览，多方查证，获得了多方面的证据之后，认为地壳的硅铝层是漂浮于硅镁层之上的，并提出全世界的大陆在古生代石炭纪以前，是一个统一的整体，即原始大陆，在它周围是辽阔的海洋。后来，特别是中生代末期，这个原始大陆在天体引潮力和地球自转所产生的离心力的作用下而破裂成几块，在硅镁层上分离漂移，逐渐形成今日世界上大洲和大洋的分布情况。

魏格纳这个“大陆漂移说”在解释诸如大陆移动的原动力、浑源地震、造山构造等一些重大问题时遇到了困难，故沉寂了近半个世纪。自 20 世纪 60 年代“板块构造理论”的提出之后，大陆漂移说在新的科学资料基础上获得了新的含义，又为人们所重视。近年来，大陆漂移和板块构造的理论得以迅速地充实和发展，已逐步为世界科学界所承认，并开始应用于对大自然的认识和改造中。

烟灰与电池的故事

16 世纪中叶，意大利的沃尔塔发明了传统的化学反应电池。其方法是把银片和铜片都浸入水中，向水中加金属盐，连接两个金属片的电线就产生出电流。但这种方法有不少缺点——金属盐对反应槽会起腐蚀作用，而且靠加金属盐形式的电流不稳定。

到了 20 世纪 30 年代末，美国发明家伯特·亚当斯决心对这种电池进行革新改进。他产生了一个大胆的设想：只用水做介质，以消除这些弊病。他用镁做阳极，用氯化铜做阴极，使用水做介质就可以产生电流，但电流太微弱了。小小的电流表上的指针总是做不出较大的摆动。但是亚当斯是一个坚韧不拔的人，他仍然顽强地将实验继续下去。

亚当斯是一个烟瘾很大的人，总是烟卷不离手，烟灰不断洒落在地上，即使在搞实验时，也是如此。

一次，他坐在家里的旧椅子里，焦急地注视着火炉上的坩埚，熔化的金属冒着火焰，照亮了阴暗的房间。坩埚中的混合物发出一股呛人的怪味，又一埚氯化铜要炼好了。可是正在这时，亚当斯手中烟卷长长的烟灰落到了坩埚里。

“糟了!”亚当斯心想。他无可奈何地怀着侥幸心理做好了电极，并把它装到捡来的婴儿罐头盒中。当他把自己的土电池加上水，接上电流表之后，电流表的指针猛然跳了起来，盼望已久的大电流终于出现了。“得到了！得到了!”亚当斯用力摇醒妻子，以至妻子艾玛以为他被烫着了。

事后亚当斯分析，一定是烟灰中含的碳产生了作用。于是他在合金中加入各种含碳物质进行实验，包括木炭、硬煤，甚至食用糖。每天夜里艾玛都周期性地被七八个在黑暗里闪烁的灯泡和慌忙起身的亚当斯吵醒。最后，这种水介质电池终于成功了，它可以仅仅加水就能长期使用，并且输出电流稳定，具有广阔的使用前景。1940 年左右，亚当斯申请并取得了美国专利。

在第二次世界大战中，美国政府擅自利用亚当斯的发明，同很多公司签订合同，生产了至少 100 万只这种电池，将其用于气象、侦察气球和飞行员的救生装置中。贫困的亚当斯不仅不名一文，而且一无所知。当亚当斯于

1953 年知道这些后，怒不可遏，并于 1960 年向当时专门受理控告政府案件的克雷姆法院起诉，控告政府侵权。1966 年，最高法院宣布亚当斯胜诉。美国政府为亚当斯支付了 250 万美元的赔偿费。如今，亚当斯的发明随着气球奔向同温层，跟着考察队登上南极洲，伴随着潜艇沉浮在海洋中，为人类进步事业作出了贡献。

成功属于有心人

CHENGGONG SHUYU YOUXINREN

烘烤衬衣与热气球

人类首次飞向蓝天并不是在飞机发明出来之后，而是在飞机发明之前120年的1783年。这一人类飞行之梦是由法国的蒙哥费尔兄弟约瑟夫和爱丁尼的热气球实现的。

关于人类可以制出飞行器的理论，早在2000多年前就已经产生了。公元前3世纪阿基米得指出，一个物体的重量若等于或小于它所排开的流体的重量，它就会漂浮在流体中。空气是一种流体，也符合这一物理定律。但理论形成后，整整过去了2000多年，人类关于升入空中的一切努力都失败了。

1781年，亨利·卡文迪什发现分解水可得到氢气。虽然氢气易燃危险，但却是已知物质中最轻的一种，是提升物体的理想气体。但是，蒙哥费尔兄弟既不知道阿基米得关于漂浮的理论，也不知道亨利·卡文迪什发现了氢气的轻浮的性能。他们最初发明热气球的起因完全是由一件日常小事引起的。

一天，约瑟夫的妻子给他烘烤他急着要穿的衬衣，约瑟夫在旁边看到，那件放在火炉上面烘烤的衬衣，被蒸腾得不断向上飘热气，这引起了他极大的兴趣。他认为燃烧产生了一种热的气体，具有一种他称为"轻浮"的性质。而实质上这是由于空气受热时膨胀，体积增大，轻于没有受热的空气而上浮。

尽管约瑟夫不明白这个道理，但这并不影响他试制热气球。他于1782年11月进行了第一次成功的试验。他做了一个丝织的气囊，底部有一个颈状开口。在颈口下面烧纸，不一会，热空气充满了气囊，气囊就升到了室内的天花板上。以后，他们如法炮制，用衬衣的布制作了很大的热气球，在1783年4月25日和6月5日分别做了两次热气球公开飞行表演，当时引起了巨大轰动。9月，他又用热气球载着羊、鸡和鸭子安全地飞行了3000多米。

在这次成功的载动物飞行之后，蒙哥费尔兄弟着手建造了载人热气球。1783年11月20日，德·罗西尔兄弟乘坐这个热气球首次飞离地面。

此后，热气球广泛运用于探险、旅游、体育、军事、气象等方面。即使更为先进的飞行器——飞机出现，也没有使它完全被淘汰。

夏尔布里津的遗憾

1911年，荷兰物理学家、莱顿大学的海克·卡默林发现，水银在低温－269℃（仅高于绝对温度4.2℃）时，电阻几乎完全失去，而成为超导体。两年后，这一重大发现使他荣获了诺贝尔奖。以后，许多物理学家均致力于揭开超导秘密，力图使电流永远流动的梦想变为现实。然而摸索难度大，进展很缓慢。

夏尔布里津教授是苏联著名的无机材料专家。早在1978年他便率先合成了镧铜氧化物，并发现该物质具有在温度下降时电阻减小的特征。夏尔布里津在本国研究期刊上公布了这一实验事实，并对镧铜氧化物晶体的组成和结构做了论述。第二年，他的论文被译成了英文。此后，夏尔布里津因经费匮乏而一度中断了实验，到1980年才恢复研究工作。

在1981年的一次实验中，他将温度降低到绝对温度40K（－233℃）。此时，镧铜氧化物的电阻消失。夏尔布里津本应抓住这一异常现象继续探讨，但他却未加深究。不过，他还是把此事告诉了同在一个研究所工作的另一位同事。那人漫不经心地听完夏尔布里津的叙述后，提出了一种解释："这或许是一种表面异常现象吧。"结果，该研究便半途而废了。

1986年，经美国国际商用机器公司苏黎世研究所的卡尔·缪勒（瑞士物理学家）和约翰尼斯·柏诺兹（德国物理学家）宣布，他们发现一种在－243℃时具有超导电性的陶瓷材料，且这种由钡、氧化镧、铜和氧制成的陶瓷易于制作。此后不久，他们又发现利用远比液氦便宜的液氮做冷却剂，根据同样制作原理制成的一种陶瓷甚至在－173℃时便呈现出超导电性。与金属导体相比，这是一个巨大的进展，因为它可消除令人感到麻烦的音障。这是自1911年昂内斯发现超导现象后75年来最重大的发现，为寻找更具广泛应用价值的高温超导材料奠定了基础。于是，这两位科学家便以新型超导材料的发现者而荣获1987年度诺贝尔物理学奖。

两位科学家的重大发现，在全世界掀起了"超导热"。各国科学家试图寻找出更高临界温度的新型超导材料。而夏尔布里津教授由于粗心，没有抓住1981年那次实验的契机，结果让一个重大科学发现的荣耀旁落他人。

因车祸产生的发明

1936年4月6日，阿莉德·婷出生在挪威首都奥斯陆以北80多千米的一个农庄里。她的父亲虽然务农，但却发明了十几种机器。这些机器主要为农用机械，且都获得了专利。婷自幼就对父亲的各种工作感兴趣。在父亲的启迪下，婷成为一个热情洋溢、讲求实效、富有好奇心的人。

婷决心将来像父亲那样，发明几样东西。她25岁结婚，生育了四个子女，一直过着家庭主妇的生活。在把最小的孩子抚养成人之后，曾经学过护理的婷，凭借她固有的热情决心重新学习。于是她就与女儿一道在奥斯陆大学注册学习，当时她已是45岁的人了。

就在一天上学的路上，婷目睹了一场车祸，学习护理的她闪过一个发明救护器械的念头。

1984年的一天，别人请婷立即赶到一场严重交通事故的现场。一个男人因头部受伤而血流不止，而且没法搬动他，因为他的一只脚卡在废车堆里。总之，不知如何是好，无论如何都不能挪动受伤者的头部和颈部，因为他的颅骨破裂、脊椎折断。婷发现伤员不会因失血而死亡时，就放弃了给他包扎头部的打算，因为包扎头部必须要移动头部，这太危险。

事发当天，婷在心里想，如果在移动伤员时把他的脊椎搞伤了，医院里就是有再好的外科医生不也是无济于事吗？为什么不能用传统的包扎断腿、断臂的夹板来包扎断裂的脊椎呢？于是婷根据自己的这种想法制出了脖颈夹板器材，并且也适应其他应用，如可作为骨折的夹板使用。

1987年4月，在第15届日内瓦国际发明与技术展览会上，婷的脖颈夹板器材获得世界知识产权组织每年向当年最优秀女发明家颁发的金奖。在此次展览会上，脖颈夹板材料引起很多人的兴趣，当她用电话将获奖的喜讯告知家人时，全家人都为她的成功表示祝贺。婷也确信自己的发明会为今后人们的安乐幸福作出贡献。

来自生活的知识

徐光启是我国明朝时的著名科学家。他小的时候，特别喜欢读书，对读书有着非常浓厚的兴趣。不过，他读书的时候从来都不只是满足于学会书本上的知识，而是开动自己的脑筋，时时刻刻注意从生活中学习更加广泛、有益的知识。

那是一个盛夏的下午，当时天气非常热，当小徐光启认真地读完书后，已经被火热的太阳烤得汗流浃背了。为了轻松一下，他就迈着欢快的步伐，兴高采烈地来到自己家的田里散心。这块田里种的都是棉花，棉株已经长到半米多高了。

徐光启被棉花深深地吸引住了，他认认真真地观察着。到了后来，他索性将自己的裤脚卷起，伸手掐掉了一棵棉花的尖顶。徐光启拿着刚掐下的尖顶很认真地思考了一下，忽然茅塞顿开，笑了起来。他点了一下头，竟然认真地摘起一棵棵棉株的尖顶来。

这个时候，恰好父亲来给棉花浇水，看见小光启正在田地里尽情地摘棉尖，不禁大怒了起来。他大声地喊道："光启，你这是在干什么啊!"

父亲还从来没有对徐光启这样发过火，小光启被吓坏了，他赶紧从田地里走出来，跑到父亲面前，小声地问："父亲，什么事惹您这样生气呀?"父亲很气愤地斥责道："你这个孩子是怎么了？读书读傻了吗？好好的棉花，你为什么要把棉株尖顶都摘掉呢？咱们家可就靠着这些棉花过日子呢！你把棉花弄死了，我能不生气吗？你这个孩子淘气也不能这样淘法呀!"

徐光启听了，恍然大悟，他微笑着对父亲说："原来是这样呀！父亲，这你可就错怪我了。昨天，我在放学的路上看见德章爷爷也在田里摘棉花顶芯，就觉得特别奇怪，他告诉我，大暑过后，立秋马上就要到了，这个时候棉株再往高里长还是会分枝生叶，但是，新生长的枝叶根本就不会结棉桃，而且它们不仅不会结棉桃，还会耗费大量的养分。如果我们能够摘去它顶上的芯，就可以省下很多的养料，这些养料就可以让已经长出的棉桃更结实、更丰满。今天，我读完书来到田地里，突然就想到了德章爷爷昨天对我说过的话，所以，就学着德章爷爷摘起了棉株的尖顶。"

听了儿子的这一番话，父亲也醒悟了过来，不仅没有继续埋怨徐光启，反而也下地和徐光启一起干了起来。这一年，徐光启家地里的棉桃又大又白，增产了二三成。

徐光启注重来自生活的知识，不但使棉花增产了，也使他自己成了伟大的科学家、农学家。

闪电带来的启示

19世纪末，最早使用的电都是由刚发明不久的直流发电机产生的。但直流电有个很大的缺点，就是不能输送到较远的地方，这就很难使电业大面积普及。当时，美国的电学天才斯泰因梅茨认为，这个问题可以通过改用交流电的方法来解决，即让电流在导线中来回流动，先朝一个方向，然后再朝另一个方向。当时没有人知道如何制造这种发电机，也不知如何生产输送交流电的导线。但是斯泰因梅茨把这些问题逐步解决了。

1894年，在斯泰因梅茨的指导下，美国总电器公司在尼亚加拉大瀑布建了一个交流发电站，第一次把强大的电流输送到41千米之外的布法罗。从此，电就跨越整个大陆，造福民众，国家开始实行了电气化。但是新的问题随之产生，每次雷雨来临，都会造成送电事故，闪电的力量是如此巨大，来临的时间又如此不可捉摸，常常使送电系统受损。

1920年夏季的一天，斯泰因梅茨建于湖边的一幢小木房被雷击中了。闪电撞上了木房门口的一棵树，又击破窗户射向室内一个金属灯具，再沿着电线穿过了墙壁，击破一面背后镀银的大穿衣镜。如果别人遇到这种事一定会惊恐不已，自认晦气。但斯泰因梅茨却因此受到启发，反而高兴极了。他对他的助手说："这面镜子是我们最重要的线索。"

他搜寻玻璃的碎片，不厌其烦地把它们一块块对在一起，像在玩一个拼板玩具。然后，他把对好的板块夹在两块玻璃之间，用带子把四周加固。镜子的背面立刻显示出闪电烙过的花纹。斯泰因梅茨根据从击点到烙过痕迹末端的距离来计算闪电的能量。

从这入手，斯泰因梅茨整整钻研了两年。1922年，他邀请了爱迪生等人来看他的闪电实验。客人们看到一架奇怪的机器，有两层楼高，有两个玻璃架阁，其中一个在另一个之上，架阁都覆盖着金属薄片，以便聚集电能。旁边还有两个圆形铜帽准备接受喷发的闪电。当启动电闸，搁板开始聚集电能，发出嗡嗡的叫声时，客人们的神经有点紧张了。就在这时，一道耀眼的紫光在铜帽间突然而过。闪电来了！接着便是轰击的雷声。斯泰因梅茨实验了人造闪电，并由此发展了避雷器。这个设计使闪电可以无害地逸入地下而不进入供电系统。

偶然成功的人造雨

人造雨的想法早在古代就有了，但是直到1946年前，都没有实现。科学的人造雨是从文森特·谢弗开始实验的。文森特·谢弗是美国纽约州通用电器公司实验室的一名科学家，他在一次偶然事件中，取得了成功。

长期以来，人们认为雨是这样形成的：由海洋和湖泊中的水，变成空气的一部分，形成了云，从云中降下雨来。而云是怎样形成雨滴的呢？

不少科学家认为，雨滴是凝聚在灰尘或其他极细小的微粒周围才形成的，雨滴的内核相当小，肉眼不能看到它，没有这些内核物质，似乎水滴无法形成。于是人造雨的最初尝试是把某种材料作为水滴的内核发射到潮湿的、但没有足够的尘埃或是其他物质微粒的大气中去。

科学家们把成千上万磅各种各样的人造内核从飞机上投下来，或是从地面上发射上去。结果是有时下雨，有时不下雨。

美国纽约州通用电器公司的科学家欧文·兰米尔和他年轻的助手谢弗在二战期间，是研究飞机机翼结冰问题的。他们经常去寒风凛冽、大雪纷飞的新罕布什尔。在那里，兰米尔和谢弗意外地发现云彩周围的温度经常低于冰点，然而却不结冰。这一现象的发现使得兰米尔和谢弗初步相信了当时一些欧洲和挪威的科学家对雨的解释：水聚集在内核的周围成为冰的晶体，当落到地面就成了雨。

二战结束后，谢弗继续他的寻找雪内核的研究。他试验了所有由气象学家建议的天然材料，包括粉尘、泥土和盐类。为了仿制云雾状的潮湿空气，谢弗将自己呼出的气送入制冷器，然后投入一种特殊的东西。

经过了很长时间，他试验了所设想的一切材料和一些几乎是不可想象的东西，但除了制冷器的底部为那种物质所覆盖外，什么都没有发生。将某种物质变为雪的晶体的内核的实验均告失败。

7月的一个上午，谢弗将各种材料都向制冷器里投了一小点，并注视着他所期待的失败结果。后来，朋友提醒他去吃午饭，谢弗高兴地同他去了。走时，他照例让制冷器的盖子朝上。因为冷空气下沉，不会从盒子里跑掉。

午饭后，谢弗又继续开始进行实验。此时，他偶然地看了一下制冷器的温度，比结冰的晶体继续保持固态的温度高了一点。炎热的夏季天气的到来，并没有引起他的注意，他更多注意的是实验的前景。

这时，有两种选择，他可以盖上盖子，让材料自己降至原来的温度；或是投入干冰迅速制止继续升温。干冰是固态的气体，很冷。他在制冷器内投入干冰后，碰巧他呼出了大量的哈气，奇迹便展现在他的眼前：在少量射入到制冷器的光线内，他看到了哈气中有某种细小的碎片，他立即明白了它们是冰的晶体。他偶然地实现了自己的愿望，制出了雪的晶体。不是用一些附加的内核掺到潮气中去，而是相当清澈的哈气吹入制冷器，并且加入大量干冰，如此制出了冰的晶体，变成了一些小小的雪花飘落到他的实验室的地板上。

据此，谢弗准备了一架能喷洒干冰到云中的飞机以及电动喷洒装置。在1946年11月的一个寒冷的日子，谢弗驾着飞机在云层上飞行，在适当的时机，启动机械将干冰洒落到下面的云彩里。在地面上，兰米尔博士激动地看着雪从飞机飞过的云层里落下来。当谢弗返回地面时，兰米尔向他奔跑过去，高喊道："你创造了历史!"此后，数百次人造雨都是将干冰撒到各类云彩中的方法实现的。此后，兰米尔博士又发现干冰的碎片要小到豆粒，才能造成足够的雪以及产生大量的雨。

谢弗发现如果能使大气足够得冷，就不必要有一个内核，因此他停止了关于内核的研究。然而，有关雨内核的理论是否就是错误的呢？另一个通用电器公司的年轻工人伯纳德·万内格特却仍对这个问题感兴趣。他曾在技校学习过制冷，1945年到通用电器公司当工人。他学习了弗笛森的冰晶理论，认为弗笛森的理论是正确的。弗笛森指出，必须使用与雪的微小碎片的内核同样大小的材料。

万内格特找到了他所要求的一种化合物——碘化银。他相信这是有效的。他搞到了一些材料，提出了点燃它的方法，以使其产生微小的颗粒撒到大气中去造成所期望的雪花。

然后，他把这种材料发射到大气层中去，等待雨雪的到来。但是结果什么也没发生。他并没有灰心，继续研究各次实验的记录，分析了所选取作为结晶内核的化合物；又请教其他科学家，费了一番心血，最后他发现自己所使用的碘化银不是纯的。

他搞到了很多的材料，不顾每克碘化银的花费多大，再三地进行雪结晶的实验。最终找到一种方法能把碘化银磨成很小的碎片，像烟雾一样。这样的碎片可以散布在很广的范围内，如有足够的云量，很少的几克就能造出洒遍一个国家的雨量。

这两种人造雨方法都为科学界所公认。以此看来，即使是一个科研项目的成功，往往也会有几种甚至多种方法可采用。所以科学发明或发现才会有那么多的偶然性促成形形色色的新成果和新创造。一个偶然性事件促成了一个意外的成功，但并不意味这种得来不易的成功是最好的结果、是唯一正确的、会杜绝别的新方法。科学家必须要有坚韧不拔的决心，才能在大量表面上不利事件发生之中，抓住转瞬即逝的有利偶然事件，将科研事业导向成功。

急中生智的发明

集装箱迅速而低廉的运输费用使美国人得以吃上新西兰的苹果、用上日本的像机、穿上香港的牛仔裤、饮上法国的矿泉水。今天，我们吃的、穿的、用的舶来品，很可能就是用集装箱运抵的。

原来用箱、盒、捆、包、桶、袋送来的货物，现在则装在密封的容器里，上面没有说明文字，只有产品代码供仪器检测、电脑跟踪。这套跟踪系统如此准确，竟能在 15 分钟内测出还需要 2 周才能抵达的船队的位置。

以上事实促成了世界经济的另一根本意义的转变：实现全球性“流水作业”。举例说，日本产的汽车引擎，用密封的集装箱运到肯塔基州汽车制造厂，不到 1 小时就安到了美国汽车上。

这种运输方式改变了世界贸易的面貌，其重大意义被认为不亚于水运从帆船过渡到蒸汽轮船。由于把码头装、卸的时间从几天甚至十几天压缩为几小时，并能装载数倍于原来的货物，它把从美国到欧洲运输等量货物的时间缩短了 4 周。那么，这场运输方式的革命是由谁发起的呢？

这种方式是由一位美国卡车运输司机马尔科·麦克莱恩在运输工作实践中急中生智创造发明出来的。马尔科·麦克莱恩 1913 年生于北卡罗来纳州迈克斯顿农村。1931 年，他买了一辆卡车跑运输，一跑就是 6 年。1937 年的一天，当他把车停在新泽西州霍博肯码头，心急火燎地等着卸货装船时，不由想到：难道不能找到一个办法把拖车直接送上船，从而节约大量的时间和劳力吗？

在他把“麦克莱恩卡车运输公司”发展为全国最大的运输车队的 20 年里，这个念头一直没在他头脑中消失过。1955 年，他收购了一家小石油运输公司，并着手对它的油轮进行改造，以便装载储运货物的大金属箱。1956 年 4 月 26 日，他的第一支集装箱船队——“理想”号，驶出了纽瓦克港，此地离他产生改革运输方式想法的霍博肯码头只有几英里。

然而，这一革新却遭到保守的海运公司、火车运输公司和工会的激烈反对。直到 1966 年，他派了一艘货船赴荷兰鹿特丹，集装箱运输才逐渐走向世界。

提出宇宙爆炸理论

一个理论的产生往往要以人们大量的社会实践为基础，经过反复验证而形成。但宇宙大爆炸的理论却是天文学家和电讯专家们在经常不断的偶然发现中所产生和确立的。

1925年，美国天文学家亚当斯根据爱因斯坦广义相对论的预言，通过对天狼星的密度很大的伴星的观察，确认了恒星发出的光谱线的频率向红色方向移动，即出现频率变低、波长变长的红移现象。

1929年，天文学家哈勃根据新的观测资料，发现了银河系以外的星系光谱红移与星系离开我们的距离成正比——距离我们越远的星系，离开我们的速度越快。

这种宇宙天体越远，向外飞逝速度越快的天文现象，预示着宇宙在不断地向外膨胀。对于这种巨大的天文之谜，科学家们一时没有恰当的理论来解释它，一些天文学家和物理学家提出了较为合理的宇宙膨胀说和宇宙爆炸理论。其理论认为：整个宇宙起源于一个高温、高密度的“原始火球”的大爆炸，在火球爆炸而向外膨胀过程中，所产生的各种元素就形成了今天宇宙间的各种物质，并逐渐凝聚成星云，再演化为各种天体。由于大爆炸后宇宙中原初辐射达到热平衡，至今宇宙间还残存着均匀而微弱的背景辐射。

为了验证这种学说，20世纪60年代初，美国普林斯顿大学的射电天文学家迪克等人建造了一架天线，努力探寻背景辐射。也许天线灵敏度不够或别的什么原因，一直未能寻到这种背景辐射。

踏遍铁鞋无觅处，得来全不费功夫。迪克没有寻找到的宇宙背景辐射，却被搞卫星通信装置的两位年轻工程师——彭齐斯和威尔逊发现了。

1962年，美国贝尔实验室研制发射成功了世界上第一颗国际通信卫星“电信星1号”。第二年，贝尔实验室两位30岁左右的青年工程师彭齐斯和威尔逊在装置卫星通信用的天线以提高其灵敏度时，发现总有原因不明的“噪声”干扰。他们经过反复的测试，觉察到这是一种消除不掉的噪声辐射，相当于绝对温度2.7K左右。而且这种微波辐射在天空的各个方向上的强度都是相等的，且不随季节而变化。显然这不是来自某些天体的特定的辐射，而只能是一种宇宙辐射。这个发现打破了以前认为广阔的星系际空间是绝对空虚，不可能有任何能量辐射，温度只能是绝对零度（相当于零下273℃）的传统观念。

由于贝尔实验室里的这两位工程师当时还不知道宇宙大爆炸理论，一时对这种宇宙辐射现象疑惑不解。次年春，彭齐斯向麻省理工学院一位科学家偶尔谈起这个不解之谜，那位科学家说迪克小组正在探索这个问题。彭齐斯得知了这一意外发现的重大科学理论价值，喜出望外，立即与迪克小组进行了互访。经研究进一步确认，这个3K宇宙背景辐射就是“原始火球”大爆炸后的残余辐射。后来，彭齐斯和威尔逊因此项发现而荣获诺贝尔物理学奖。

方便面的问世

“用开水一冲就可以吃的面条”是日本的安藤百福发明的，这种即食面最早出现于20世纪50年代末。

现代人已进入了一种快节奏的生活方式，特别是午饭，往往是越快、越方便越好。那时候，安藤百福在一家公司任职，每天下班要搭乘电车回家。车站附近的饭铺前，总有许多人挤着、等着吃热面条。

他发现，日本人喜欢吃面条的主要原因就是“快”和“方便”。凭着他敏感的观察力和判断力，安藤百福果断地选择了“生产方便面”的事业。

任何发明都是“无中生有”的，而任何新出现的事物总要遭到一些墨守成规的人的反对，许多人都说安藤“不守本分”，胡思乱想等等。

安藤打定主意之后，绝不为别人的说三道四而退缩。没有资金建厂房，他在自己的家里搭起了简易的工棚。他买了一台轧面机，独自开始了“用开水一冲就可以吃的面条”的实验。

任何发明都经历过失败，安藤百福最初轧出来的面条不是一条条的，而是一堆堆的面疙瘩。经过一次又一次的实验，看了大量的资料，失败了一次又一次，最后安藤百福的方便面终于试制成功了。1958年8月，首批“鸡肉方便面”上市试销，很快被抢购一空。

头炮打响之后，安藤百福正式成立了日清食品公司，正式生产和销售方便面。仅仅几个月，就售出1000多万份。

为了打开方便面的海外市场，安藤百福专程去英、美、法等国考察，看看西方那些用刀叉的民族对方便面的态度和食用情况。他在调查中发现：方便面的袋装质量和调味都很好，可就是吃法上存在着障碍，主要是容器使用不方便。于是，他与美国达特公司合并，成立了日清达特公司，研制适应美国人用叉子吃面条的容器。

几年之后，公司又推出了杯装面条，这种杯装方便面很快风靡了市场，并在海外推开了。30年后，各种类型的方便食品在全世界竞相出现，成为现代人最欢迎的食品品种。

“橡皮头”铅笔的故事

自铅笔问世以来，凡是上过学的人，几乎没有一个人没有使用过铅笔。而当代使用铅笔的小学生，几乎都喜欢使用带橡皮的铅笔，但是，或许大多数人并不知道带“橡皮头”铅笔的由来吧？

李浦曼是美国佛罗里达州的一个画家。作为一个不出名的穷画家，他的生活相当困苦。穷困潦倒的李浦曼有时穷得连画布、画纸也买不起；手头的笔呀、画架呀，所用的画具都是些破烂货。然而，他并没有放弃自己的艺术追求，每天坚持画作，常常工作到深夜。

有一天，李浦曼潜心于一幅素描的画作，他仅有的一枝铅笔已经削得很短了，为了别无选择的节约，他必须捏着这支铅笔头把画作完。画着画着，他发现画面的某处需要修改一下。于是，他放下笔，在凌乱的工作室里寻找他仅有的一小块橡皮。

他找了好久才找到那块黄豆般大小的橡皮，等把需要修改的地方擦干净后，他又发现那只活见鬼的铅笔头又失踪了。找了这个，丢了那个，找来找去，耽误了不少时间，穷画家为此不由怒从心起，发起脾气来，他发誓一定要把这“讨厌的东西”找出来，把它们绑在一起，叫它们谁也跑不掉！于是，他找来一根丝线，把橡皮缚在铅笔的顶端。这样，铅笔似乎长出了一些，用起小橡皮来也似乎方便了一些。可是，没用几下，橡皮就掉了下来。画家的牛脾气又上来了，他发了狠心，一定要把这淘气的橡皮牢牢地固定在铅笔头上。

为此，他竟然连画也不画了，一连干了好几天，想了种种办法固定那块小橡皮……最后，他终于想出了一个好办法：用一块薄铁皮，把橡皮和铅笔的一头一起包起来。

这就是今天人们所看到和使用着的带橡皮的铅笔。李浦曼在逆境中，从发脾气转而执著地进行着他的创新，完成了一项他本专业以外的发明。他的专利很快得到了确认。不久，著名的RABAR铅笔公司用55万美元的巨款买下了这个专利。李浦曼不是作为一个画家，而是作为一个发明者被后人传颂。

古稀老人的创造

除了我们居住的地球以外，同太阳一样，月球也是人类最早关注的星球之一。早在远古时代，各民族都产生了许许多多关于月球的神话传说。月球与太阳不同，它没有令人生畏的炎热，人们曾幻想移居月球，寻找那个清静的新的生存空间。

现在，人们对于自己的生存地——地球，已经有了比较详尽的了解。很久以前，古人就为地球画了地图。进入近代以后，西方地理学家又制作了微型地球——地球仪。到了今天，甚至小学生也对地球仪习以为常，它只是一种普通的地理教具罢了。然而，很少人会想到为月球也制作一个模型，当然，几千年前，人类就有过关于到月球上去居住的美丽幻想。

发明月球仪的人，是英国的一位70多岁的老人，他的名字叫亚瑟·华特逊。虽然他已年过70，可他仍然有一颗不灭的童心。这位住在班森的老汉，自从退休之后就没有什么大事可做，每天就待在家里看看电视、报纸，偶尔喝点酒以消磨时光。

老人有时会像儿童一样有趣，儿童看的卡通片同样会使他如醉似狂。有一天，亚瑟老人从电视上看到一部月球探险的电视节目，这种星球冒险的节目很快就吸引了他。当节目主持人将绘有月球地形的地图推开，滔滔不绝地介绍月球地貌时，老人既感到新鲜又不满：“月球是一个球体，而这种平面的地图无论如何看起来都不会令人满意。”老人想：“既然月球和地球同样都是球体，那么，有地球仪，为什么就没有月球仪呢？”这样，太不公平！愤愤不平的亚瑟老头决心自己动手制作一个月球仪，以弥补人类对于最邻近的那个星球的欠缺。

说干就干，亚瑟老人四处寻找有关月球的资料，寻找适合做月球仪的各种材料。这位退休的老人用在职时的那股热烈的干劲，投入到自己的发明创造中去。

几个月之后，各地的报纸、杂志和电视上都出现了“月球仪”的广告。这种新奇的、前所未有的玩意儿吸引了成人和孩子们，世界各地的订单络绎不绝地到达了小小的班森镇。

亚瑟的发明似乎没有什么特别之处，仿佛所有想到这一点的人都可以动手制作一架月球仪来。然而，月球同地球一样，从来都是明明白白地在人类面前出现了千百万年。而只有亚瑟，这个老顽童，想到并且着手制造了月球仪。

琴纳消灭了天花

天花是人类最可怕的疾病之一，得了这种病的人死亡率很高，即使病看好了，大多数幸存者都要留下满脸的麻子。自从英国琴纳发现免疫法之后，人类就有了对付天花这一类传染病的法宝。

琴纳 10 岁时开始学医，以优异的成绩获得了医学学士学位。一些大医院曾想用重金聘请他留在城里当医生。然而，他却毅然地回到了自己的家乡，当了一名普通的乡村医生。琴纳从小就对人们充满同情心，他学医就是为了解救人们的病痛。对于农村中得天花病死了和成了“麻子”的人，他寄予许多同情，并立志要探索一条征服天花的道路。

他勤奋地查阅了无数有关的医学资料，了解了许多病例，想从中找到征服天花的“灵丹妙药”和根治这种疾病的良方。但许多年过去了，他还是没有成功。于是，他把注意力投向了民间。有一次，他从民间传说中听到：挤牛奶的姑娘和放牛的姑娘都长得很漂亮。这个传说引起了他的注意。好奇心使他走向田间，他开始留意起那些牧牛姑娘的脸来，在观察中发现，虽然牧牛姑娘不一定个个长得漂亮，但她们中间却没有一个人是患过天花病而变成麻脸的。通过不断地观察和实验，他进一步发现了其中的奥秘。

原来，牛身上有一种叫做“牛痘”的皮肤表层的痘疮，她们天天跟牛在一起，无意中染上了牛痘。人的体内对这种牛痘病毒产生了抵抗力，如果再遇到天花病毒，也会起到抵抗作用，所以就不会出天花了。琴纳发现了牛痘的奥秘后，脑海里产生了一个大胆的设想：在人体上接种“牛痘”，以此来预防天花！这是一个充满危险的计划！医学的对象是人，而不是花草树木、鸡鸭鹅狗，由谁来接受第一例接种“牛痘”的实验呢？万一实验失败，被实验的人就可能成为牺牲品。琴纳的设想虽然得到许多人的赞同，但谁也不愿把自己当做“实验品”去让琴纳搞试验。琴纳狠了狠心，决定在自己的儿子身上进行第一例实验。

琴纳 38 岁结婚，人到中年才有了一个儿子，他虽然十分疼爱自己的宝贝儿子，但为了医学事业，为了拯救人类，他决定冒一次险。于是，他与妻子商量起这件事来。虽然，琴纳夫人平时非常支持琴纳的事业，给予过他许多鼓励和帮助，但这次妻子听后，坚决反对他这种“大公无私”的“残忍”行为。这件事传到朋友和亲戚那里，他们纷纷前来劝说琴纳，要他放弃这一

“残忍”的行为。琴纳的内心非常矛盾，陷入了苦闷和痛苦之中，最后，他终于说服了妻子，顶住了来自各方面的风言风语，在他做了自认为是万无一失的各种准备之后，给只有1岁半的儿子接种了牛痘。时间一天天过去，儿子身上并没有出现不良反应。以后的日子证明：儿子从来没有出过天花，对天花产生了免疫力！实验成功了！

琴纳写下了第一篇有关免疫法的实验性论文。又经过了好几年的反复观察和实验，于1796年的一天，他又在一个名叫菲普斯的8岁男孩身上进行了牛痘接种实验。两个月后，事实证明他已确实获得了免疫力。免疫法成功了！

琴纳的免疫法很快就传向了世界。从此，医生们从免疫原理出发，找到了预防各种疾病的新方法。

口香糖的故事

少年儿童，特别是女孩子，都非常喜欢吃“泡泡糖”。而差不多所有的小朋友都以为“泡泡糖”是由橡胶做成的。20世纪40年代以前，这种被中国少年儿童称为“泡泡糖”的口香糖确实是橡胶加上砂糖以及薄荷等辅料所做成的。而至今所有的口香糖却是用乙烯合成树脂这种新型的材料做的。发明这种口香糖的，是日本的山本佐与治。

第二次世界大战结束后，日本的经济形势很糟，粮食不够吃，有时就连美国士兵口中吐出的口香糖糖渣，也成为饿坏了的孩子抢夺的食物。当时，山本佐与治先生只是一家小饼干店的老板，他看到这些状况，心里很难过，很想制造出一种口香糖，以满足孩子们的需求。

当时，日本并不生产橡胶，进口橡胶是由政府管制分配的，很难搞到手。山本佐与治并没有就此灰心丧气，而是积极开动脑筋，想想是不是可以寻找别的材料，选择一种合适的“代用品”。

一天，他发现有人在摆弄一种白色的、有黏性的材料时，他顿时心头一亮，连忙向那个人打听，那人告诉他，这种材料叫乙烯合成树脂，是新型的石油化工产品。他又打听到，隔壁的钟渊纺织公司就专门生产这种乙烯合成树脂。山本佐与治马上投入了实验中，实验很快就获得了成功。这样一来，乙烯合成树脂加上砂糖及薄荷的口香糖就问世了。山本先生为这种口香糖取名为“哈里斯”口香糖，并以此名成立了口香糖公司。

用乙烯合成树脂做的口香糖看上去晶莹洁白、细腻精美，比过去用橡胶做成的灰白色口香糖更惹人喜爱。很快，这种口香糖就取代了旧产品，而这种新材料也很快就在全世界的同行业中推广开了。

山本佐与治并没有“无中生有”地发明一种新的物种，他的贡献就在于他“发现”了合成树脂可以替代橡胶做口香糖。这个发现，也是一种创造力的表现。

烦恼引出来的创造

富安宏雄是日本的普通平民，贫穷和病魔，双重灾难逼迫下的他，心情坏到了极点。这一天，他躺在地榻上，又冷又饿，睡也睡不着。地榻旁边有一个火炉，炉子上烧着水。水已开了好久，茶壶盖子上面喷着白色的蒸汽，发出咔嗒咔嗒的响声，这声音单调乏味，十分烦人。在富安宏雄听来，简直就是在嘲弄他的贫穷和病弱……

听着听着，富安宏雄再也忍不住了，他愤怒地随手操起枕边的一个锥子用力地向水壶扔过去，锥子一下子刺中水壶盖子，扎在了上面。富安宏雄惊奇地发现：烦人的咔嗒咔嗒声一下子消失了。他连忙爬起身，想过去弄个明白。

他发现，蒸汽从壶盖子上被扎的小孔里冒出来，壶盖就停止了与水壶边缘的摩擦和振动，声音自然就没有了。他加大了炉火，把水烧得更开一些，又实验了几次，结果蒸汽都没能把盖子顶得振动出声音来。这下，对生活失去信心的富安宏雄又燃起了新的希望，他想：“我必须好好地利用这项新创意，一定让它开花结果。”

对生活有了新的希望，精神也仿佛好了起来。他兴致勃勃地离开地榻，带病奔波了一个多月，四处去推销自己的新发现。最后，明治制壶公司以2000日元的代价买下了他的创意。更令人惊异的是，连他的肺病都不治而愈了！创造使他心境格外开朗，而优良的心理素质构成了一帖无形的良药。

钓鱼钓来的发明

巴察是美国的一位皮革商，喜欢垂钓，他经常到纽芬兰海岸去钓鱼。在结了冰的海面上，巴察用钢纤在厚冰上凿洞，然后垂下他的鱼钩。冬季的纽芬兰非常寒冷，从海水中钓起的鱼一放到冰面上就立刻被冰冻得硬邦邦的。带回家的鱼一次吃不光。当几天后再食用这些冰鱼时，巴察发现：只要鱼身上的冰没有融化掉，鱼味就不变。巴察是一个善于产生联想的人，他由冰鱼想到了有关人类保存食物的种种问题……

巴察根据冰鱼所产生的灵感，逐个将肉类和蔬菜进行冰冻实验。他兴奋地发现，只要把肉类冻得像那些鱼一样，就能保持新鲜。经反复实验，他进一步发现：冰冻的速度、温度和方法不同，食品冰冻后的味道和保鲜度也有所不同。蔬菜与肉类更不相同，必须有专门的冰冻方法。

作为一个皮革商和垂钓爱好者，巴察废寝忘食地投入到食品冰冻法的研究中去。经过几个月的努力，巴察研究出了一种不会使食品失去原味和新鲜度的冰冻方法。

1923 年，通用食品公司以 3000 万美元的巨款买下了巴察的专利。不久，冰箱在全世界推广开来。

冰能把鱼冻住，冻过的鱼能保持鲜度，这是一个常识问题，许多人都已习以为常。而巴察却把这个并不令人拍案惊奇的发现加以联想和深化，使它成为改善人类生活的一个重要的发明。

消除“人造雷声”

无论在旅馆、集体宿舍或者是在家庭中，打鼾给同屋造成的扰乱总是使人头痛不已。多少年来，人们只是埋怨着打鼾的人，却无法为他们和为自己解除这种“噪音”的危害。

澳大利亚有一位妇女名叫荣地查兰，她有一位健壮如牛的打鼾丈夫。每天晚上，打鼾丈夫鼾声如雷，弄得她不能安睡。有时实在太困了，荣地查兰就昏昏沉沉地睡去了，但过不了多久，一阵又一阵的“雷鸣”声又会把她从美梦中惊醒……被丈夫的鼾声吵醒之后，荣地查兰并没有推醒丈夫，也没有对他发出任何怨言。她陷入了沉思……

一个又一个的不眠之夜，荣地查兰留心注意起丈夫睡觉的姿势来。她特别注意观察丈夫睡觉时头部和颈部的位置，并仔细将丈夫的姿势描绘下来，和平常人的睡态进行比较和对照。经过长期的观察、比较和对照研究，她发现凡打鼾的人都与他们睡觉时头、颈、肩部的角度有关。找出了根由，荣地查兰据此设计出了一种“夜安枕”，给她的丈夫使用。

她的丈夫使用“夜安枕”睡觉之后，无论侧睡还是仰卧，都能保持气管呼吸的通畅，鼾声再也没有了。这种“夜安枕”经过改进之后，于 1984 年正式投产推向市场，受到人们的欢迎。荣地查兰出于对丈夫的爱，发明了消除“人造雷声”的夜安枕。人们说，这是一项爱的发明。

牛顿的苹果联想

少年牛顿喜欢各种各样的工具，并且制造出了许多奇怪的小玩意。

12岁时，牛顿进了一家公立学堂，并寄宿在一位药剂师家里。有一天，牛顿对药剂师的一位亲戚说："你能不能把地下室的那只木箱给我，我想做一个钟。"那位亲戚看着小牛顿那个认真的表情感到十分好笑，心想："这小家伙真是异想天开，一只木箱能做钟吗？"牛顿见他不相信自己，只得再三地肯求："先生，您就把那只木箱给我吧，我敢保证，您将再不会因为不知道准确的时间而迟到了"。

"上班不迟到"是具有诱惑力的，那位亲戚抱着试试看的心态，将木箱交给了牛顿。牛顿如获至宝，每天放学回来，他就埋头做起钟来。没多久，他就做好了。每天早晨，他将适量的水注入一个盂内，盂内滴出的水流控制着钟上时针的运动。那位亲戚接受了牛顿送给他的礼物，以后再也不敢小看牛顿了。

牛顿27岁时，被选为英国皇家学会的会员，并被聘为剑桥大学数学系教授。在假期中，他喜欢回到母亲家里，在她的花园里一坐就数小时，他从容不迫地观察周围的一切，思索着各种各样奇特的问题。一次，吃过午饭，牛顿又独自来到花园里坐下，他闭目休息了一会儿，等他睁开眼时，突然发现从近旁的一棵树上掉下来一只苹果。当时，花园里是安静的，并且没有风。牛顿的脑袋瓜飞快地转动起来，很快他做出了历史上一项最重要的发现，他将人们的想象由一只苹果的落地引向了星体的运行。在此之前，人们知道有一定质量的物体落到地上，是由于地心吸引，但是他们不知道这条引力原理同样可以应用于整个宇宙。牛顿给苹果落地下了这样一个定义："宇宙的定律就是质量与质量间的相互吸引。"回到学校，牛顿把他的发现告诉了他的朋友们，但却迟迟不愿发表他的观察所得。在朋友们的再三劝说下，牛顿勉强同意准备出版手稿。

一旦投入工作的牛顿再次表现了他惊人的毅力。他经常连续几夜不合眼，在房里不停地踱来踱去，天亮的时候，稍稍打个盹，吃些早点，又继续伏案工作。用人给他送去的热腾腾的晚餐，通常变成了他冷冰冰的早点。有时，他也到花园里散散步，脑子里却始终围绕着问题。一旦发现什么，他便会大叫一声，然后飞奔上楼，赶紧在书桌上记点什么。

牛顿就是这样喜欢独自遨游在自己创造的幻境之中，把自己的发现当做一种个人消遣，为的是使自己能在寂静的书斋中解闷。因此，他对工作的投入达到了忘我的境地。

一次，一位美貌的姑娘终于使牛顿动心。一天晚上，牛顿把她约来，准备向她求婚。他轻轻地握着姑娘的手，含情脉脉地注视着这位美人。然而看着看着，牛顿的思想又溜到另一个世界里去了，他脑子里开始思索无穷量的二项式定理，就像做梦一样，他抓住了姑娘的一个手指，错误地把它当成通烟的通条，硬往烟斗里塞，听到姑娘疼得大叫，牛顿这才清醒过来。

又有一次，牛顿去赴宴。他走出家门没多久思想就开了小差，漫无目的地在街上游逛，却害得他的朋友在家等他等得不耐烦。等牛顿想到赴宴的事时，宴会早就散了。牛顿只好无可奈何地叹口气，回家后晚饭也不吃，继续研究他的学说。

打开电源的大门

一天，丹麦哥本哈根大学的厄斯特教授发现了电和磁的奇特现象：当他把一根通过电流的铁丝靠近指南针时，指南铁的磁针竟受到铁丝的吸引，跳动地改变了方向。但当时并没有人能解释其中的原因，也没有引起人们足够的重视。

1820年，德斐教授终于揭开了这个秘密。他通过许多实验证明：凡是铁与钢被环绕着一根通过电流的铁丝，它便成为磁针了，这就是“电磁铁”。

这一发现引起了当过7年订书工人而自学成才的英国青年法拉第的强烈兴趣。他找来了电池、铁丝、磁针，亲自动手做了这个实验。这是人类发明史上最有趣的“魔术”之一。当铁丝一通上电流，铁丝附近的磁针就被无形的“魔力”引向一边，而通电铁丝放在磁针上面时，磁针偏向一边，放在下面，磁针就会向反方向偏去……

在德斐教授的帮助下，在前人研究成果的基础上，1821年他发现了电和磁的另一相反现象，这就导致了“感应电流”的产生。

1822年的一天，法拉第在日记中向自己提出：“既然通电可以产生磁铁，那么，为什么不能用电磁铁产生电呢？我一定要反过来试一试，转磁为电!”他把磁石安插在一个铜丝圈内，又用了一根通了电的铁丝来靠近另一根未通电流的铁丝。他反复调试，不停地变换着铁丝与磁石的各种联系形式，终于弄清了电与磁的关系：“电流通过时，铁块成了磁铁；电流停止时，磁力消失。”

由于这一发现和一系列其他方面的成就，法拉第于1823年被选为英国皇家学会会员。

1831年10月17日，法拉第把一块圆形磁石插入绕有铜丝圈的长筒内，忽然电流计上的指针动了起来，他又迅速地将磁石拔出来，指针晃了几下。

他简直不敢相信自己的手和眼睛，因为，如果电流计没有出什么毛病的话，这就证明电流产生了！在这以前，他已进行了无数次的实验，但每一次都是失败。为了证实刚才的实验结果是否真正可靠，他把磁石反复在铜丝筒里插入、拔出，一连做了好几次，这才真正相信，电流计确实随着磁石在铜丝筒内的移动而显示出电流的存在！“成功了！电流产生了！”法拉第欢呼起来。

于是，他得出了这样的结论：运动是产生感应电流的必要条件，金属必须切交磁力线，才能产生感应电流。

法拉第发现了感应电流之后，接着就创造了一部发电机：将一个铜圆饼嵌在一块恒磁石的两极之间，铜饼的周围粘连着许多铜条与铅条，当铜饼转动时，便产生了接连不断的电流，这就是最早的发电机。

法拉第为人类打开了电源的大门，为人类通向电气化开辟了道路。

珍妮纺纱机的故事

18世纪60年代，英国的纺织业已兴旺发达起来。因织布用上了“飞梭”，织布机的生产效率大大提高了；而纺纱还停留在原来的老式纺车操作方法上，效率怎么也提不高。在纺织厂里，一台使用“飞梭”的织布机需要的棉纱，由十几个女工纺纱都供应不上。纺纱工日夜不停地纺纱，可还是忙不过来。于是，许多织布工只能停工待料，有的织布工还因此失业，闲在家中。

1764年的一个清晨，天刚蒙蒙亮，一位纺纱女工就起床了，坐在纺车旁纺起纱来。她的丈夫哈格里沃斯就是一个织布工，这天，他在家里闲着。自从织布用上新发明的“飞梭”之后，哈格里沃斯就一心想对旧的手摇纺车进行改造，望着妻子由于日夜不停地劳作而消瘦下去的身影，望着她那疲倦不堪的神态，哈格里沃斯内心升起了一股难于言表的怜爱，改造纺车的欲望因此越来越强烈了。但他现在能为妻子做些什么呢？

他做完早餐之后，让妻子去吃早餐，休息一下，自己坐到纺车前，接替她纺纱。他一边纺着纱，脑子里却仍然想着改造纺车的事。这时，妻子走了过来，她希望能同丈夫一起共进早餐。哈格里沃斯笑了笑，站起身，却不小心把纺车碰倒了。妻子正要去扶纺车，却被哈格里沃斯挡住了，他被倒下的纺车所出现的一个并不异常的情景所吸引：纺车上原来水平的纺锤变成直立时，纺车仍然在转动。

“有了！有了！”哈格里沃斯忘记了吃饭，对着妻子兴奋地喊道：“纺车可以改成直立式的！”妻子被他的新发现打动了，鼓励他进行这项改造。

哈格里沃斯转动着纺锤说：“如果在框架上并排立上几个纺锤，用一个纺轮带动它们同时转动，效率不就能提高好几倍吗？”

哈格里沃斯从前当过木匠，手非常巧。很快，他做成了一架立式纺锤的纺车，在框架上装上了 8 个纺锤，这样的纺纱机可顶得上十几架手摇纺车的效率。而且，所纺的纱细密均匀，强度也大。

哈格里沃斯把第一架纺纱机自豪地以女儿珍妮的名字命名为“珍妮纺纱机”。他在这项发明上融进了多少对女工的爱，还有他的妻子——一个被解放了的纺纱女工。

端茶时发现的秘密

英国著名的物理学家瑞利从小就热爱生活，对生活具有一定的观察能力，并勤于思考、从中发现有价值的东西。他于 1904 年获得诺贝尔物理学奖，而他对物理学的研究却是从少年时期就开始了，那时他对母亲手里的碗碟摩擦现象产生了强烈的求知欲望。

瑞利的母亲是一位好客的人，对于每一位来客，她都要亲自把茶沏好，很讲究把小茶碗放到一个精致的小碟子上，然后端到客人的面前。

这一天，瑞利家又来了几位客人。瑞利的母亲由于上了年纪，手脚不太灵便，端碟子的手由于颤抖了一下，光滑的茶碗在碟里滑动了一下，差点把茶洒出来。为了防止把茶弄洒，她就格外小心地捧着碟子。可碟子在抖动中反而更倾斜了，茶碗一滑，茶还是洒了出来。她不好意思地对客人说：“人老了，手脚不灵便了。”

瑞利是个有礼貌的孩子，但他这次却没有上去帮助母亲端茶，招待客人，而是专心致志地望着母亲的一举一动，他完全被母亲手中的碗碟吸引住了。他发现：母亲起初端来的茶碗很容易在碟子中滑动，可是，在洒过热茶的碟子上，茶碗就不滑动了，尽管母亲的手仍旧摇晃着，碟子倾斜得更厉害，茶碗却像沾在碟子上似的，不再移动了。

“太有趣了！我一定要弄清楚这是为什么！”瑞利非常激动，脑子里产生了对物理学中摩擦力研究的欲望。客人走后，他用茶碗和碟子反复实验起来。他还找来玻璃瓶，放到玻璃板上进行实验，看看玻璃板慢慢倾斜时，瓶子滑动的情况。接着，他又在玻璃板上洒些水，对比一下，看看有什么不同。

经过多次实验和分析，他对茶碗和碟子之间的滑动做出了这样的结论：茶碗的碟子表面总有一些油腻，油腻减小了茶碗和碟子之间的摩擦力，所以容易滑动。当洒上热茶时，油腻就溶解散失了，碗在碟中就不容易滑动了。

接着，他又进一步研究油在固体物摩擦中的作用，提出了润滑油减少摩擦力的理论。

后来，他的发现被运用到生产和生活中去，在有机器转动的地方，几乎都少不了润滑油。

布莱叶发明盲文

由于一次不幸的事故，幼年的布莱叶双目失明了。到了学龄期，布莱叶只能到盲童学校去上学。对于盲人来说，只能用耳朵去听，用手去摸来了解世界，也只能靠打手势来表达自己的一切，这是件非常艰难和痛苦的事。童年的布莱叶，常常为此苦恼。

这一年，法国海军巴比尔舰长带领一些士兵来到盲童学校，给盲童们演讲战地夜间通讯的演习。巴比尔舰长说：“在伸手不见五指的夜晚，要秘密地把信息传出去，我们用的是密码。我们在厚纸上戳出各种点子来表示密码，接到厚纸的士兵不用眼睛看，只需用手摸就能了解信息的内容了。这就像用眼睛看电报文一样。”巴比尔舰长让士兵为盲童们做了表演。

盲童们只是把这当做一种游戏或者普通的课外活动，而布莱叶却对这种用手摸电码的办法产生了无穷的兴趣。他想：“无论是戳点子还是摸点子，都可以不用眼睛，我们如果能用这个办法写字、读书，不是很好吗？”

年仅十几岁的布莱叶开始了对“点子”的研究，巴比尔舰长原来是用12个孔位来表示一个字母，布莱叶把它简化为6个。用排列和组合的方式，创造出63种不同的符号，像汉语拼音一样，用这些符号拼出不同的字。这样，盲人用手摸，就知道上面“写”的是什么了。

为了解决盲人的“写字”问题，布莱叶又进一步研究，造了一种模板：上面6个孔一组、6个孔一组地排着许多小孔，“写字”时，先把模板压在纸上，用“针笔”刺进小孔，戳出一组组不同的点子。这样，自己想说的话就能像打电报一样地表达出来了。

由于布莱叶的创造，千千万万个学过“盲文”的盲人都能“识字写话”，接受着人类文化的传播，与正常人达到沟通。

发现视差的道尔顿

1766年9月6日，约翰·道尔顿出生在英国坎伯兰郡伊格尔斯菲尔德村的一所小小的茅屋里。在他12岁时，按照村子里的标准，他所受的教育已足够可以开办一所学校了。于是，他勇敢地在自己家的门口钉了一块布告牌，上面写着：“学习的场所，男女兼收，收费公道。”

为招揽学生，他还加了一条：“免费供应纸、笔和墨水。”这一附加的条件十分吸引人，因为纸、笔和墨水在当时的英国是最难见到的商品，所以布告牌挂出去不久，道尔顿就招收到了不少学生，学校办得很兴隆。到他15岁时，道尔顿又和哥哥乔纳森合伙在肯德尔城开办了一所学校。

教学之外，道尔顿埋头搞起了科学研究。他研究植物，经常在乡间漫游，搜集各种花草的标本；同时他还搜集普通昆虫，特别是蛾类和蝴蝶。他进行实验，观察沉浸在水中以及存放在真空中的蜗牛、臭虫和蛆的生命力的破坏过程。在对植物和普通小动物的实验之外，他还在自己身上进行关于食物用量和汗液排出量之间的关系的实验。

他都是默默地进行着这些工作。为了应付生活的开支，他还需不分昼夜地从事教书工作。直到有一天，他终于发现了视差原理。自此，他确立了他一生的目标，就是追求那深藏在我们人类感官中互相矛盾的印象后的真实。

道尔顿的知识都来自他个人的经验，视差原理就是在一个特别偶然的情况下发现的。那天，道尔顿偶然路过一家商店，他一眼瞧见了橱窗里的一双长袜，深蓝色的。这颜色一定最合母亲的意。道尔顿当即买下了它，回家后，他把它送给了母亲。

“约翰，谢谢你为我买的这双长袜，”母亲为儿子能时常想到自己而高兴，但是她还是提出了自己的疑问，“不过，你是怎样看上这么鲜艳的颜色的，要知道，这么鲜艳的颜色是与我们教派的习性不相配的，”母亲继续说，“我是万万不可以穿着它去做礼拜的。”

“怎么，”道尔顿吃了一惊，“这不正是穿去做礼拜的颜色吗？难道深蓝色还不够稳重？”

“不对呀，约翰，”母亲也十分不解，“它是和樱桃一样得红呀！”

道尔顿更加迷惑不解了，这真是太奇怪了。难道人与人之间的观察还存在着差异？他决定研究一下他自己和别人视觉上的这种差异。他找来许多朋友，询问他们是否也有这方面的感受，并对他们做了各种实验，结果发现，人们的感受和他自己的体验完全符合。

原来，道尔顿是个色盲患者，但是当时人们还并不知道色盲这一现象呢！经过研究，道尔顿提出了一个视差理论，来解释今天我们叫做色盲的这种特殊现象。

不满是创造的开始

加藤信三是日本狮王牙刷公司的小职员。作为一个小职员，尽管他前一天夜里加班加点，很晚回家休息；尽管他头晕目眩，还想美美地睡上一觉，但是他必须马上起床，赶到公司去上早班。起床后，他匆匆忙忙地洗脸、刷牙。不料，匆忙中出了一些小乱子，牙龈被刷出血来！加藤信三不由火冒三丈，因为刷牙时牙龈出血的情况已发生过数次了。情绪不好的他怀着一肚子的牢骚和不满冲出了家门。

作为一个牙刷公司的职员，数次刷牙刷出了牙龈血，加藤的不满情绪越来越大了。他怒气冲冲地朝公司走去，准备向有关技术部门发一通牢骚。

走进公司大门时，他的脚步渐渐地放慢了。加藤信三曾参加过公司组织的管理科学学习班，管理科学中有一条名言使他改变了自己的态度。这条训诫说：当你遇有不满情绪时，要认识到正有无穷无尽的新的天地等待着你去开发！

当他冷静下来以后，意识到：不满正是创造的开始。于是，怒气冲冲进门的加藤在遇到同事们时，已心平气和地跟同事们商量起改造牙刷的计划来了。

在加藤的提议下，同事们想出了不少解决牙龈出血的好办法。他们提出了改变牙刷毛的质地；改造牙刷的造型、重新设计牙刷毛的排列等各种改进方案，经过论证后逐一进行实验。实验中，加藤发现了一个平常所忽略的细节：他在放大镜下看到，牙刷毛的顶端由于是机器切割，都呈锐利的直角。

“如果通过一道工序，把这些直角都锉成圆角，那么问题就完全解决了！”加藤恍然大悟道。

同事们都一致同意他的见解。经过多次实验后，加藤和他的同事们把成功的结果正式地向公司提出，公司很乐意改进自己的产品，迅速投入资金，把全部牙刷毛的顶端改成了圆角。

改进后的“狮王”牌牙刷很快受到了广大顾客的欢迎。对公司作出巨大贡献的加藤从普通职员晋升为科长，十几年后，他成为公司的董事长。

加藤的“幸运”来自于在不满中起步。所以，在一定意义上说，不满是活力的源泉，不满是发明和进步的原动力之一。

鸡饲料和脚气病

艾克曼是荷兰著名的医生，因发现维生素而获得了诺贝尔生理学和医学奖。

1893年，艾克曼从阿姆斯特丹大学医学院毕业后，赴荷属东印度任军医。同年，艾克曼参加了荷兰政府组织的脚气病研究委员会。1896年，他从故乡坐船到达印度尼西亚的爪哇岛，考察这里正流行着的脚气病。这是一种很严重的脚气病，人得了这种病后，吃不下饭、睡不好觉，浑身没有力气，走路也不方便。奇怪的是，当地的许多鸡竟然也患上了这种病。艾克曼是个细菌学专家，他想：“脚气病这样普遍，是不是由细菌传染引起的呢?”

他养起了一群鸡，对鸡进行了实验性研究。他用显微镜仔细观察从鸡身上各部位弄来的取样涂片，几年来都没发现任何脚气病菌的踪影，而他自己却得了脚气病，他用来做实验的鸡也得了这种毛病。鸡成批地死去了，只有一小部分活了下来。艾克曼医生曾用各种方式医疗那些生病的鸡，但都没有成效。奇怪的是，那些活下来的鸡，未经任何治疗，几个月后脚气病却自然而然地好了。

“这是怎么一回事呢？我一定要弄清这秘密！”艾克曼医生天天守在那几只鸡旁，想找出其中的原因。

有一天，艾克曼正蹲在鸡栏里观察鸡的活动情况。这时，新雇来的饲养员走过来喂鸡。艾克曼望着鸡群纷纷抢食的劲头，脑子里忽然冒出了一个想法：“这些鸡都是这位饲养员喂的，而这位饲养员才来2个多月，值得注意的是，正是这位饲养员来了2个多月以后，鸡的病才好了起来。这两个事情是偶然的巧合呢，还是有必然的某种联系?”艾克曼决心从这里打开脚气病的缺口。他仔细调查了前后两个饲养员的情况。原来，前面的那个饲养员只图省事，总是用人吃剩的白米饭喂鸡；而新来的饲养员非常勤快，总是用一些拌着粗粮的饲料喂鸡。

“原因是不是出在饲料里?”艾克曼的脑海中闪出一个念头。于是，他重新买了一批健康的鸡，分成两组饲养，一组鸡用白米饭喂养，一组鸡用粗饲料喂养。过了一个多月，预计的情况果然发生了：用白米饭喂养的鸡患了脚气病，而用粗饲料喂养的鸡却一直很健康。

“问题就出在饲料上！”艾克曼做出了判断。接着，他又问自己：“吃粗粮能不能治好人的脚气病呢？”

“这个实验从我身上做起。”艾克曼坚持吃起粗粮来，不久，他的脚气病果然渐渐好了。艾克曼非常高兴，把这个方法推广开来。爪哇岛的居民都吃起了粗粮，他们的脚气病也都好起来了。

艾克曼并不满足于表面上的成功和收获，喜欢刨根问底的思维习惯鼓励着他去进行深入的探寻。他冷静地分析，爪哇岛的人们习惯吃精白米，而把米糠丢掉了。会不会就在扔掉的米糠中有一种重要物质，人缺乏这种东西就会得脚气病？带着这个问题，艾克曼对米糠进行了化验，最后终于发现和提取出一种不为人知的特殊物质——维生素。

“偷懒”萌发创新

吉雅朗是美国一家公司的打字员。作为打字员，他每天都干着千篇一律、单调乏味的活儿：把收信人的姓名和地址分别打在信封上和信纸上。这仅仅是一种“熟练工”干的活儿，永无休止的重复劳动，从中得不到一点创造的乐趣，许多人干着干着就产生了厌烦的情绪。

吉雅朗在这个位置上整整干了10多年！呆板、枯燥且没有情趣的劳动使他觉得又累又乏。一天下来，尽管没有付出多少体力和脑力，但他仍感到非常疲倦，老是提不起精神。他不止一次地在想怎样改变一下这种生活方式和工作环境，在单调乏味的工作中注入一点新意呢？他又想道，是不是可以想想办法，把这些永无休止的重复劳动简化一下，节约出一部分时间和人力呢？

这个“偷懒”的念头留在他的心底久久没有抹去，特别是在他心烦意乱、疲倦无力时，改变现状的欲望就更加强烈。无论在工作时，还是下了班，一个实施“偷懒”的设想在他脑海里萌生：“在信纸上打一次收信人的姓名、地址，而在信封上填收信人地址和姓名的地方剪一个洞，或贴上透明纸，只要信纸、信封上写地址和姓名的位置是对应的，这样就可以简化工作，节省时间和人力了。”

他悄悄地做了实验，在实验中逐步完善了设想中的不足之处。直到自己完全满意了这种“偷懒操作法”，才正式向公司提了出来。

对于吉雅朗的“偷懒”行为，公司的头儿并没有指责和阻挠，反而鼓励和嘉奖了他。他的新方法很快就得到了采纳和推广。

吉雅朗的发明极其微小，而他的这个创新所带来的好处是全球性的。随着他的做法在美国传开，很快就风行了全世界。许许多多的公司都采纳了他的方式来处理同类的文件，节省了无法计算的时间和劳动力。在我国，邮电系统的电报，在电文和电报封皮的处理上，也采用了这种方法。

做生活的有心人

重松富生是日本东京一家广告公司的职员。他除了做好自己的本职工作之外，有着广泛的兴趣爱好。他热爱生活，关心生活中发生的一切有意义的事，是一位生活的有心人。重松富生无论出差还是参加什么社会活动，都乐意结交朋友，向他们了解新事物，以充实自己，取得进步。这种优秀的品格和素质不但有助于他的本职工作，并且给他带来了一条个人事业发达的康庄大道。

有一年，重松去台湾旅游，在一位朋友那里，他偶然听到关于“番石榴和它的嫩叶对治疗糖尿病和减肥很有效”这样一句与自己毫无关系的话。

说话的人或许早已把说过的话忘记，可偶然听到这句话的重松却留了心。在此之前，他早已对社会上越来越多的糖尿病患者和肥胖症者予以关注，并对此有所研究，听到这有用的信息，重松不由得喜出望外。

回到日本以后，重松进一步对此进行调查研究。他意识到：由于经济发展了，生活质量提高了，人们吸收的营养太多了，过量的脂肪和热量在人体里储存，造成肥胖症或糖尿病的人越来越多。如果能产生一种特效药来，一定会受到人们的欢迎。

重松立即把从台湾带回的番石榴和嫩叶送到医学院，专门请了医生进行分析实验。实验结果表明，它是有效的！通过进一步的实验，他们又发现：番石榴还能促进血液循环，减少体内脂肪积聚，对幼儿的生长发育都有好处。其中，嫩叶对减肥特别有效。于是，重松向别人借来200万日元，在东京开设了“糖尿病者及减肥食品公司”，大规模在台湾等地收购番石榴及其嫩叶，经过干燥处理，首创了一种如同茶叶一般的番石榴冲剂。

这种味道清香爽口的冲剂投放于市场以后，立即受到人们的欢迎，特别是那些一心想保持苗条身材的女性都纷纷前来购买，一下子在日本兴起了番石榴饮品的饮用热潮。重松也由此大发其财，第一月销售额为500万日元，以后与日俱增，每月高达2000多万日元。

伟勒的伟大贡献

德国科学家弗里德里希·伟勒出生于19世纪初，他求学期间，既攻医学也学化学，但他的主要精力却放在无机化学方面。铝和铍这两个元素就是他发现的。

在某一次化学实验中，伟勒把氰酸和氨放在一起，制备出一种由一个碳原子、一个氧原子、两个氮原子和四个氢原子组成的白色物质。伟勒注意到，以前曾有一个名叫李比希的青年曾发现过原子的种类和个数与他所制备的物质相同的物质，但颜色却是蓝的。两种不同物质的原子种类与数目完全相同，这在当时被认为是不可能的，但实际上却发生了。因此，伟勒重复了他的实验，再一次得到薄薄的白色结晶，证明了他所制备的物质是与李比希发现的物质并不相同。但是这是什么物质呢?

伟勒认为这就是早年他学医时从人们小便中分离出来的尿素。可是，当时人们认为尿素是不能人工制备的，但年轻的伟勒却在这件偶然发生的事上看到了别人忽视的实质现象。他把硝酸加进自然的尿素和他所创造出的白色结晶中，得到的结果完全相同。他确信他成功地做出了前人未能做到的事情——人工合成尿素。对于这项伟大发明，他在论文中承认他预先并没有想到会取得这样大的成果。

时至今日，尿素早已在农业生产上大量使用。科学家们也已创造出数以百万计的碳氢化合物，而且每天都在增加新的品种，现在有机合成化学工业的产品几乎影响到人类生活的每一方面，对人类生活产生了巨大作用。可是，谁会想到，人类第一次合成出有机化合物却纯粹是偶然事件。但是，无论如何，伟勒的发明无疑是对全人类的伟大贡献!

吃章鱼带来的财富

阿西克斯公司是日本生产体育用品的大公司，其创业人鬼塚喜八郎最初只是一个名不见经传的普通人。他既无钱又无技术，更无门路，但由于他善于思考，并能迅速捕捉机遇，因此成为了一位以巧取胜的大企业家。

20世纪50年代，日本的体育运动正在兴起。运动鞋的需求量越来越大。鬼塚喜八郎想制造一种独特的运动鞋，以便打开市场。但他一无资金，二无研究人员，这是无法同别的实力雄厚的大公司竞争的。

他又想：运动鞋有许多种，如果我只选择其中的一部分集中精力研究，那么，对于这一部分所投入的研究费用和人员与大公司比较也毫不逊色。于是，他选择集中目标研究篮球选手穿的运动鞋。即使是大公司的研究室，也不可能仅在这一个项目上安置两三个人专门研究。

他首先会见一些篮球选手，听他们谈目前运动鞋存在的缺点。许多选手认为：在篮球比赛中，最重要的是在前后左右运动时随时都能立即止步，否则投篮不准。现在的运动鞋在地板上容易打滑，止步不稳。于是鬼塚立即开始把焦点集中在这一问题上进行研究。

他不仅亲自和选手们混在一起打篮球，体验各种运动鞋的效果，还研究鞋底的花纹，甚至研究能急刹车的汽车轮胎。但却没有找到能防止左右前后打滑的理想鞋型花纹。

一天晚上，他正在吃姑姑做的章鱼，忽然看到里面有个大吸盘。也许鬼塚一直集中精力研究球鞋，任何事情都会使他联想到这一点。他想，如果把鞋的橡胶做成吸盘式，就能做到立即止步了。

围绕着这一章鱼而引起的构思，他聚精会神地进行研究。他发现过去篮球运动鞋的鞋底橡胶都是平面形或中间稍高。他把鞋的整体试制成吸盘形，再请选手们试用。结果证明，它要比平底运动鞋止步时稳得多。他把这种鞋申请了专利，并在登记申请范围内写上“把底面做成凹形的运动鞋”。

他把这种鞋卖给拥有强手的学校篮球队，请几个实力相当的校队进行比赛。其中穿此鞋的球队表现稳健，得胜率较高，这就成了商品的广告宣传。因此他的凹形鞋逐渐排挤了大厂家，达到70%的市场占有率。吃章鱼的启示给他带来了巨大的财富！

化学老师与太阳油

美国佛罗里达州一个中学里有一位名叫朗利士的化学教师，这是一位有才华但很穷的年轻人。除了教书，他还去当足球教练，在暑假里，他也常常去海滨浴场充当救生员，以补家用。

这一年春天，在海滨浴场的观望塔上，年轻的化学教师作为救生员俯视着海滩上一群群晒着日光浴的男男女女。那些仅穿着泳衣的人们躺在海滩上，而灼热的阳光似乎要把每一个人都晒干似的，人们晒一会儿，就在身上涂上一层保护油。

望着眼前的一切，朗利士突然灵机一动：为什么不试着搞一种高质量的防晒油呢？

朗利士是一位化学教师，他在化学方面的专长使他很快了解了市场上现有的太阳油的底细；他又是一位浴场救生员。这双重的身份，使他把两个不同的领域结合起来，碰撞出新的火花——这位有心人决心发挥自己的优势，发明一种新款的防晒太阳油。

于是，他走下观望台，走到人群里，向人们询问对目前使用着的太阳油的看法以及有什么新的要求。很快，他得到了一个重要信息：大多数人不喜欢化学制品，而希望能得到一种从天然物质中提炼出来的太阳油。

朗利士是一位热爱生活的人，热爱生活的人关心生活中出现的许多细节，他灵机一动地联想到自己曾在夏威夷看到当地的妇女用椰子油抹头发的生活细节时，马上产生用椰子油生产太阳油的灵感来！

贫穷是智慧者的财富，这是一种动力，穷则思变的朗利士向父亲借了500美元，自力更生地投入到自己新事业的开创之中。在美国，一个成年的年轻人，依靠父母是一种耻辱，向父母借钱，即使是用于正当的事业，也一定要归还的。朗利士精打细算，用借款添置了简单的实验用品，利用晚上和周末孜孜不倦地投入到太阳油的研制工作。在极其简陋的实验条件下，他发挥了自己在化学方面的特长，研究有了突破性的进展。两年后，他成功地研制出一种新的护肤用品——天然椰子太阳油。

发明虽然成功了，但要使这种新产品得到人们的认可和欢迎，也不是一件容易的事情。他没有钱去做广告，提高产品的知名度，他要用事实来征服顾客。

他和他雇来的3个小孩，把这种瓶装的太阳油带到海滩上兜销，请一些救生员和旅游者使用，并征求他们对新产品的意见。

“太好了！”一位美丽的太太对她的丈夫说，“即使在法国或者全世界，也都找不到这么好的太阳油！”

那位先生当即为他的太太买下了一整打太阳油后，对朗利士说：“先生，我想，这种天然的太阳油应该有一个漂亮的名称吧？”

朗利士笑着说：“它叫夏威夷热浪太阳油。”

3年之后，朗利士开的小店就发展成了一个太阳油的跨国公司。